Afgunst & Een goed huwelijk

Saskia Noort

Afgunst & Een goed huwelijk

Twee spannende verhalen

Anthos | Amsterdam

Mixed Sources
Productgroep uit goed beheerde bossen
en andere gecontroleerde bronnen.
FSC www.fsc.org Cert no. SGS-COC-001940
© 1996 Forest Stewardship Council

Eerste druk februari 2010
Vijfde druk mei 2010

ISBN 978 90 414 1585 1

Dit verhaal verscheen eerder als geschenk tijdens
Juni – Maand van het Spannende Boek (2007)

Dit verhaal verscheen eerder als *Libelle zomerthriller*
Omslagontwerp Marry van Baar
Omslagillustratie © Hamed Al-Mehairi
Foto auteur Eline Klein

Verspreiding voor België:
Veen Bosch & Keuning uitgevers n.v., Wommelgem

Afgunst

You have enemies? Good. That means you've stood up for something, sometime in your life.

Winston Churchill

Proloog

Een topuitzending was het, al zegt hij het zelf. Hij danst bijna naar zijn nieuwe Saab die prachtig zwart en glanzend op de gracht staat. Maar hij is voornamelijk blij omdat *de Volkskrant* vanochtend schreef dat hij tot de absolute top van de Nederlandse televisiejournalistiek behoort. Wie had dat ooit gedacht? Hij ziet zichzelf weerspiegeld in de ruit en constateert dat hij het soort man geworden is waar hij vroeger, als magere, puisterige staak van zestien, zo tegen opkeek. Energiek. Charismatisch. Snelle denker. Strategische gespreksleider. Volwassen en toch dat jongensachtige. Atletische gestalte. Hij vraagt zich af of Susan het stukje heeft gelezen. Hij hoopt het. Dat ze zich realiseert wat ze heeft laten gaan.

Hij richt zijn contactsleutel op de Saab, waarvan de lichten verwelkomend oplichten, en bij wijze van antwoord bromt zijn palmtop tegen zijn dijbeen. Een bericht. Van Susan, dat kan niet anders. Hij weet dat ze vanavond een lezing geeft, dat zag hij vanochtend op haar website. Waarschijnlijk is ze net als hij zojuist in haar auto gestapt. En denkt ze ook aan hun ontmoetingen in het afgelopen jaar, in restaurants en motels langs de weg, waarbij ze de eenzaamheid wegdronken die samengaat met het avond aan avond werken. De roes waarin ze verkeerden, na twee uur lang aanbeden te zijn geweest door het publiek, konden ze onmogelijk meenemen, het rustige echtelijke bed in. Daar troffen ze allang geen aanbidding meer. En daarom spraken ze af, nadat hij haar voor het eerst had geïnterviewd, in een hotelbar halverwege de route. Het hoorde helemaal bij het rock-'n- roll leven dat hij zich heimelijk wenste.

Hij stapt de auto in en snuift de geur van het nieuwe leer op. Haalt zijn palmtop uit zijn broekzak. Het is een mms. Nummer onbekend. Het moet van haar zijn. Grinnikend en opgelucht opent hij het bericht. Het is dus toch nog niet voorbij. Ze kan hém evenmin vergeten.

Op zijn scherm start een filmpje. Vaag, korrelig, schemerig beeld. Een lage, houten tafel vol flessen drank. Is dit bij haar thuis? Hij brengt het scherm dichter bij zijn gezicht. Een ongemakkelijk gevoel bekruipt hem. Het is alsof hij iemand hoort hijgen. Dit is niet voor hem bedoeld. De camera beweegt naar het doffe, gele licht van een schemerlamp. Hij hoort gesnotter. Wat is dit in hemelsnaam? Schokkerig pendelt de camera naar een bank en dan ziet hij de vrouw. Blond. Bevuild. Geketend, lijkt wel. Degene die filmt ademt zwaar. Het maakt hem misselijk. De camera zoomt in. Blote benen. Kettingen om de enkels. Ze draagt een rode jurk die hem bekend voorkomt. Bij haar borsten is de jurk bevlekt en hij herkent de rode kanten beha. Iemand filmt zijn liefje. Zijn mooie minnares. Susan. Hij hapt paniekerig naar lucht en kijkt snel om zich heen. Dan richt hij zijn ogen weer op de afschuwelijke beelden en ziet haar ogen. Opengesperd en vol tranen. Een doodsbange blik die hem de rest van zijn leven zal achtervolgen, evenals haar gebroken, wanhopige stem.

'Lieve Dave, ik ben ontvoerd. Twee mannen hebben me meegenomen. Ze hebben beloofd dat me niets overkomt, als je binnen vierentwintig uur mijn losgeld betaalt. Nadere instructies volgen. Geen politie. Ik hou van...'

Iemand reikt haar een krant aan. *De Telegraaf* van vandaag. Bevend houdt Susan deze voor haar borst.

'Lieve Dave, Max en Doris... Ik mis jullie. Ik hou van jullie. Maak je geen zorgen, alles komt goed als jullie luisteren. Houd vol...'

1

Het is hem. Ernst Scholten. Ik weet het zeker. Ik zie hem meteen bij binnenkomst. In het zwarte motorjack, dat hij al sinds mensenheugenis draagt en bijna nooit uittrekt. Hij is dikker geworden. Heeft inhammen boven zijn slapen. Het haar dat over is, is donker, kort en stekelig. Dezelfde priemende blik in zijn gitzwarte ogen, de kaken gespannen, de mond een strenge streep. Een slangenkop, zei mijn zus vroeger. En ze heeft gelijk, zie ik nu, hij heeft het hoofd van een cobra.

Ik probeer te doen alsof ik hem niet zie tussen de mensen, vrouwen voornamelijk, die een plek proberen te bemachtigen in de helverlichte leeszaal van Bibliotheek Noord-Scharwoude. Hij zit al, kaarsrecht, zoals ik hem ken, een sfinx op de achterste rij. Al jaren probeert hij met me in contact te komen. Eerst via brieven, toen per e-mail. Ik heb alle pogingen genegeerd. Nu is hij hier en kan ik niet langer doen alsof hij nooit heeft bestaan. Angst dringt zich als een oude bekende aan me op. Het irriteert me dat hij die na vijftien jaar nog steeds in me opwekt.

Ik pak mijn boeken en papieren uit mijn tas, leg ze op het tafeltje voor me, blader erdoor. Voorbereiden is niet nodig, ik weet precies wat ik wil vertellen en voorlezen, ik heb het al tientallen keren gedaan, maar ik moet zijn starende blik zien te ontwijken, anders verdwijnen de woorden uit mijn hoofd. Het helpt niet. De herinneringen aan onze relatie doemen op en verstoren mijn concentratie. Verdomme. Wat doet hij hier? Waarom blijft hij zich met mijn leven bemoeien? Wat heb ik ooit gezien in deze man?

Ik maak een praatje met de bibliothecaresse wier naam ik onmiddellijk weer vergeet en zie mezelf door zijn ogen. Ik recht mijn rug. Borsten vooruit. Ik ben verder nu. Verder dan hij ooit zal komen. Zijn bijtende kritiek raakt me niet meer. Niet zoals toen, toen hij me steeds verder uitvlakte, totdat ik alleen nog maar een schaduw was. Zijn schaduw.

Terwijl de bibliothecaresse me verwelkomt en het publiek applaudisseert, blijft hij onbeweeglijk en ijzig naar me kijken. Ik kan er niet omheen, zijn strenge, strakke blik boort zich recht in mijn ziel. Ik doe wat ik helemaal niet wil doen. Ik glimlach naar hem. Hij wint door niet te reageren op mijn vredesgebaar. Hij zit daar alsof hij niet echt is, een geest, mijn kwelgeest. Ik neem het applaus dankbaar lachend in ontvangst en veeg mijn natte handpalmen droog aan mijn jurk. Het is tijd hem te laten zien wie ik ben geworden. De schrijfster in wie hij nooit geloofde. Met een hogere stem dan normaal vertel ik hoe het allemaal is gegaan, mijn succesverhaal, van fantaserende puber tot bestsellerauteur.

Het is niet bepaald glamoureus om in Bibliotheek Noord-Scharwoude op te treden, op een extreem warme herfstavond, maar ik sta er, voor een zaal vol stralende fans. Wapenfeiten rollen uit mijn mond. Meer dan een miljoen boeken verkocht. Verfilmingen. Vertalingen. Internationale faam. Met vilein genoegen toon ik de buitenlandse omslagen. Ik weet dat hij ook schrijft. Behalve kritische brieven aan mijn adres heeft hij ook een boek geschreven. *De acht levens van Sandra.* Nauwelijks door iemand opgemerkt, behalve door mijn schoolvriendin, die het me gaf voor mijn vijfendertigste verjaardag, afgelopen zomer. 'Kijk, die idiote ex van je heeft een boek over je geschreven.'

Hij schrijft ook commentaren op internet. Berichten in mijn gastenboek. Ziekelijk negatieve stukjes. Altijd onder pseudoniem. Maar ik weet dat hij het is. Ik herken zijn stijl, zijn toon, zijn stem uit duizenden. Vanaf de dag dat mijn eerste roman *Nachtvlucht* verscheen, laat hij van zich horen.

Het is vies benauwd in de armoedige leeszaal en ik heb het gevoel dat ik als een vis op het droge naar adem zit te happen. De smaak van oude koffie kleeft nog aan mijn gehemelte. Ik ben misselijk. Van de laffe koffie, de glazen rode wijn die ik in het eetcafé heb genuttigd, misschien de sigaret na het eten. Het eten zelf. Saté met frites. Alles wat ik niet meer mag en wat ik in nauwelijks een uur tijd heb weggewerkt. Van de stress, dat ook. Het maagzuur bijt zich een weg naar boven door mijn slokdarm.

Ik zie hoe ze binnenkomt. De vrouw die me naar de kloten heeft geholpen. Merktas, hoge hakken, knalrode wikkeljurk waaruit bij elke stap een bloot been tevoorschijn komt, een subtiel spleetje tussen haar borsten, gestyled haar, streepjes blond, fris gezicht, naturel opgemaakt. Een popster als schrijfster. Een bespottelijk wijf dat me negeert, lucht ben ik voor haar, totdat ze lacht, minzaam en gespannen. De schrik op haar gezicht als ik niet teruglach. Heerlijk.

Dit is je laatste uur, mooie, denk ik. Geniet er maar van.

In de pauze verdwijn ik, wurm me tussen de opgewonden kwebbelende dames door naar buiten. Nog één keer kijk ik om naar de vrouw die ik vier jaar lang heb bezeten. Totdat haar lijf langzaam afstand van me nam. Die dame, die daar zo stralend van zelfingenomenheid achter de tafel zit. Die denkt dat ze me zomaar uit haar leven kon schrappen. Die nooit reageert op mijn brieven, zelfs niet op het boek dat ik over haar, voor haar heb geschreven. Ik trek me terug en zal wachten tot ze weer alleen van mij is.

Tijdens het signeren voelen mijn vingers als elastiek. Nog nooit heb ik zoveel fouten gemaakt. Ik draai data om, vergis me in namen, spel 'gefeliciteerd' verkeerd. Hij lijkt over mijn schouder mee te kijken. Waarom ben ik verdomme nog steeds zo gevoelig voor zijn afkeuring? Hoeveel jaren therapie heb ik nog nodig voor het me koud laat wat hij van me vindt? Ik hoef niet op te kijken, ik weet dat elke handtekening die ik zet hem dichterbij brengt. In mijn hoofd duizelen de zinnetjes.

Voor Ernst, een oude liefde. Voor Ernst, ter herinnering aan een prachtige studietijd. Voor Ernst, collega en exminnaar. Voor Ernst, fijn dat je er was. Voor Ernst, de eikel die me bijna de lust tot leven ontnam. Voor Ernst, lekker puh. Voor Ernst, loser der losers. Ik kijk op en vrees hem voor me. Hij is het niet.

De boekverkoopster zet een glas rode wijn voor me neer. Ik durf het glas niet op te pakken, bang dat ze zullen zien dat mijn handen trillen.

Wat zal ik zeggen als hij me straks aanspreekt?

'Goh, wat ontzettend leuk om jou weer eens te zien!'

Moet ik iets zeggen? Kan ik het lef opbrengen hem dood te zwijgen, of beter nog, te vragen waarom hij me zo terroriseert met zijn haatdragende schrijfsels?

Niet te geloven dat ik ooit met hem in één bed heb gelegen. En niet alleen dat. Mijn hart, mijn ziel, mijn geluk, alles had hij in handen. Was hij toen anders? Aantrekkelijker, dat wel. Toen hield ik zijn somberheid voor mysterie, zijn frustratie voor een poëtische, gevoelige ziel, zijn jaloerse bezitterigheid voor echte liefde.

Het is alsof ik weer naakt en trillend in hard licht voor hem uitgespreid lig. Met één blik doorziet hij me opnieuw, verandert hij me weer in het kleine, onzekere wicht van vroeger. Ik wil dat hij verdwijnt, verpulvert in de lucht. Als ik het eindelijk kan opbrengen om me heen te kijken, klaar voor de confrontatie, merk ik op dat hij is verdwenen. Zoals zovele keren dat ik dacht hem op me af te zien komen. Ik zet mijn duimen in mijn nek om de hoofdpijn die zich aandient weg te masseren. Misschien ben ik paranoïde aan het worden.

2

Ik neem het artistiek opgemaakte herfstboeket in ontvangst en laat mijn blik door de zaal glijden. Hij is echt weg. Het kan zijn dat hij er nooit is geweest. Misschien was het een andere norse man in motorjack. Mannen vertrekken vaak in de pauze, ongemakkelijk als ze zich voelen tussen al die vrouwen die uitgelaten en opstandig reageren op het werk dat ik voorlees.

Ik loop naar buiten, rook nog een sigaret met een vrouw die beweert dat mijn boek *Vreemdgang* haar ogen heeft geopend en dan vlucht ik de avond in, opgelucht dat het me ditmaal niet is gevraagd om nog even mee te gaan naar het plaatselijke café. Ik vrees dat ik zelfs geen nee had gezegd tegen Ernst als hij me hier had opgewacht. De drang mezelf te bewijzen als sympathieke, impulsieve en eindeloos energieke vrouw is te groot.

Ik haast me naar het parkeerterrein. De pijn in mijn nek is omhoog gekropen en hangt nu zwaar boven mijn ogen. Ik verlang naar de verdoving van ijskoude wodka. Thuis met Dave, mijn lief, die op me wacht met drank, sigaretten en slingers. Morgen wordt onze jongste, Max, drie jaar en voor dat grote feest moet ik vannacht nog even een appeltaart bakken. Sommige tradities moet je in ere houden, al is je leven nog zo'n chaos. Al word je nog zo bejubeld in de bibliotheek van Noord-Scharwoude, thuis wachten het schort, de appels, de wasmachine en de vieze kattenbak. Het houdt me met beide hakken op de grond.

Ik hoor mijn eigen voetstappen over het parkeerterrein weerkaatsen. Herfstbladeren dwarrelen over het asfalt, verder is het naar stil in de slecht verlichte nieuwbouwwijk waarin de bibliotheek ligt. Ik versnel mijn pas en zap met mijn sleutel de auto open. De koplampen flikkeren. Bijna veilig, flitst het door mijn hoofd.

In het struikgewas stinkt het naar hondenstront. De twijgen van de bremstruik striemen langs mijn armen en rug. Ik voel me slecht. Mijn maag begint peristaltische bewegingen te maken. Door mijn neus snuif ik de klamme herfstlucht naar binnen en word nog misselijker. Dan klinkt eindelijk haar driftige geklik. Ik herken haar voetstappen uit duizenden. Haar hakken op de maat van mijn hartslag. De hakken van de vijand. Zo zie ik het. Afrekenen met de bron van mijn misère. Dit is het moment. De twijfels die ik zo-even nog had, eindeloos wachtend op dit naargeestige parkeerterrein, verdwijnen. Het kost me weinig moeite mijn empathie uit te schakelen. Ik hoef alleen maar naar haar zelfingenomen militaristisch gestamp te luisteren.

Ik open de deur van mijn Peugeot, gooi het lelijke boeket op de rechtervoorstoel en mijn tas met boeken op de achterbank. Daarna plof ik achter het stuur, steek de sleutel in het contact, zet de TomTom aan en zoek in het geheugen naar THUIS. Uit de speakers klinkt het opgefokte gezwets van een deejay. Ik tast onder mijn stoel naar een pakje sigaretten. Ik mompel dat die eikel op de radio zijn kop moet houden. Dan zwaait mijn portier open.

Even maak ik mezelf wijs dat het de wind is. Ik strek net mijn arm om hem weer dicht te trekken, wanneer ik een vettige lucht ruik, vermengd met de geur van leer. Mijn mond opent zich vanzelf en ik wil schreeuwen, maar zijn knoestige hand glijdt over mijn neus, lippen, kin en beneemt me de adem. Ik zie hem niet, maar ik weet dat hij het is. Hij heeft staan wachten. Diep vanbinnen heb ik altijd geweten dat dit een keer zou gebeuren. Zoals ik ook altijd al van tevoren heb geweten of ik wel of niet met een bepaalde man naar bed zou gaan. Ook al luister ik er niet naar, mijn intuïtie heeft me nooit bedrogen.

Het bloed in mijn aderen bevriest en ik sla wild om me

heen, klauw mijn vingers in zijn gezwollen nek, schop met mijn benen, tot hij iets hards in mijn linkerzij port.

'Schuif op of ik mol je!'

Zijn stem. De slissende tongval. Ik kan alleen maar knikken. Probeer hem met mijn ogen bij zinnen te brengen, mijn mond te openen om in zijn hand te bijten, maar zijn greep is stevig en hij weigert terug te kijken. Zijn rechterarm klemt zich om mijn bovenlichaam, zijn linkerhand ligt nog over mijn mond.

'Schuif op, stomme trut, of ik schiet je kapot!'

Ik tril te hevig, weet niet welke kant ik op moet. Wanhopig snuif ik het kleine beetje zuurstof op dat tussen zijn vingers door glipt. Tussen mijn benen wordt het warm en nat. Hij duwt nog harder in mijn zij en ik wurm mijn benen onder het stuur vandaan, over de pook, nog altijd met zijn hand op mijn mond. Onder mijn billen knispert het folie van het boeket. De doornen boren zich in mijn vlees. Hij buigt zich over me heen. Zijn schaduw heeft me nooit losgelaten. Hij fluistert dat ik rustig moet blijven. Dan zal hij zijn hand weghalen. Als ik ook maar één kik geef dan... Hij heft zijn wapen. Zet de loop op mijn voorhoofd. Langzaam haalt hij zijn hand van mijn mond. Ik weet niet of hij echt zal schieten, maar ik weet wel dat hij in staat is me pijn te doen. Ik ben altijd bang voor hem geweest, zelfs toen ik hem aanbad. Ik verwarde mijn angst met opwinding. Het was als hoogtevrees: je vreest de diepte, omdat die je zo aantrekt. En nu, nu is het zover.

In een reflex duik ik weg voor zijn pistool. Ik werp mijn gewicht tegen het portier, terwijl mijn hand naar de hendel graait. Eén juiste beweging kan mijn leven redden. Het portier vliegt open en ik hang zwevend boven het asfalt, klaar voor de schreeuw, ik trap, mikkend op zijn buik, maar nog voordat ik hem raak, slaat hij me zo hard dat het kraakt in mijn hoofd. Ik voel hoe zijn hand zich aan mijn haren vast klauwt, hoe hij me terug in de auto dwingt, hoe hij aan mijn lichaam rukt en sjort, waaruit alle kracht wegebt. Een warme, rode gloed glijdt over mijn ogen. 'Nee,' stamel ik. 'Alsjeblieft.' Daarna is er niets meer.

Ik heb haast. Prop mijn grote zwarte tas op de achterbank, nestel me achter het stuur, draai de sleutel om en geef gas. De auto schiet hikkend vooruit, de bremstruiken in. Ik vloek. Veeg het zweet van mijn voorhoofd en schakel naar zijn achteruit. Susan ligt voor lijk naast me. Haar bloed bevlekt de smetteloze beige hoofdsteun. Snel voel ik haar pols. Ik heb haar nog nodig.

Ik ben overal op voorbereid. Honderden keren heb ik het scenario doorgenomen. Het enige waarop ik niet ben voorbereid, is dat ik nog naar haar zou verlangen. Het is vanavond precies vijftien jaar geleden dat ik haar voor het laatst heb bezeten. Ik vraag me af of zij het zich nog herinnert. Ik kijk naar haar. Haar witte, rimpelloze gezicht, haar ogen gesloten. Even leg ik een hand op haar ontblote knie. Zachte, gladde huid. Met trillende hand streel ik de binnenkant van haar dij, totdat ik bij haar slipje kom, dat koud en nat is. Ze heeft in haar broek geplast. Dan geef ik opnieuw gas, rijd de auto het parkeerterrein af en stuif de weg op, langs rijtjeshuizen de donkere polder in.

3

Ik word wakker van het geschud. Ik voel een bonkende, misselijkmakende pijn. De linkerhelft van mijn gezicht lijkt tot pulp geslagen. In mijn mond de metalige smaak van bloed. Het lukt me het minst pijnlijke oog open te krijgen. Ik zie ruitenwissers die heen en weer gaan. Een dampig weiland. In de auto hangt de vochtige geur van verrotting. Het ruikt er naar natte honden. Een man zit onverstoorbaar achter het stuur, turend naar de weg. Traag dringt alles weer tot me door. De lezing. Ernst. De klap.

Dit is niet mijn auto. Hij heeft me verplaatst. Ik lig op de achterbank van een andere auto. Gescheurde, synthetische bekleding. Ik kan niet bewegen. Ik kan zelfs nauwelijks ademhalen. Mijn bovenbenen en schouders branden. Mijn handen en voeten zijn bij elkaar gebonden, achter mijn rug. Tape over mijn mond.

Max, denk ik, mijn kleine lieve Max is jarig. Dave zit nietsvermoedend te wachten in ons warme huis.

Weet je nog, drie jaar geleden, zo'n zelfde herfstige nacht? Jij kwam dronken thuis, ik zat al te puffen op de bank. Zo lang als Doris erover deed, zo haastig was Max.

Hij zal inmiddels wel boos zijn. Weer te laat. Na elke lezing hetzelfde liedje. Hij blijft op, zo lief, wacht met een borrel en ik, ik ben weer het egotrippende loeder dat in de kroeg belandt, om me nog meer, nog langer te laten aanbidden door fans. Denkt hij. Zelfs de verjaardag van Max is niet belangrijk genoeg. *O god.* Morgen worden de kinderen wakker, en dan ben ik er niet. Er is geen appeltaart. Geen traktatie op de peuterspeelzaal. Geen *lang zal hij leven* in het grote bed. Wanneer zal Daves woede omslaan in ongerustheid? Laat, vrees ik. Hij kent me.

Ik probeer mijn hoofd iets te draaien. De pijn boort zich in mijn hersenen. Ik maak geluid, ben vergeten dat ik niet kan praten. Ernst kijkt niet om, houdt zijn ogen strak op de weg gericht. Hij mindert vaart en maakt een bocht. Ik ga dood. Vannacht. Hij is er gek genoeg voor. Het gaat gebeuren. Dit is mijn einde. Mijn ogen en neus schieten vol tranen en snot en ik kan nauwelijks nog ademen. De auto stopt. Ernst knipt het lichtje boven de achteruitkijkspiegel aan.

Kun je ook sterven van angst, vraag ik me af.

Het verloopt soepel. Ik lig zelfs een halfuur voor op schema. Dat zou me gerust moeten stellen, maar het maakt me alleen maar nerveuzer. Ik parkeer de auto in de schuur. Doe het lichtje aan en pak mijn pillen. Twee pijnstillers, één maagtablet. Spoel ze weg met whisky. Ik draai me om, kreun van de aanzwellende pijn in mijn ingewanden en kijk op haar neer. Er is weinig meer over van de mooie, beroemde schrijfster. Bloedkorsten op haar fijne gezicht, de ogen gezwollen als die van een straalbezopen lor. Zo ligt ze erbij, als een dronken loeder, in een jurk vol urine en bloedvlekken. Haar handen en voeten gekneveld, haar giftige mond afgeplakt. Ik grinnik en neem nog een teug uit mijn heupfles. Het is fijn me eindelijk echt over te kunnen geven aan de haat, bijna even fijn als aan verliefdheid.

Ik herinner me het moment waarop het begon. Heimelijk en onverwacht. Van grote liefde naar diepe, diepe haat. De dag waarop haar verhaal werd besproken door de werkgroep Proza. Een verhaal dat ze buiten mijn medeweten had geschreven. Tot die tijd deelden we alles. Ik was haar leermeester, zij mijn leerling, zo waren we voor elkaar bestemd. Maar Susan negeerde de regels. Vernederde me in het openbaar tot op het bot door te ko-

men met een volstrekt oppervlakkig, fantasieloos niemendalletje dat ik haar nooit had laten inleveren als ik het eerst gelezen had.

Het was haar gezicht, haar verheugde, spottende grijns die ze me toewierp toen het gejubel van de anderen opsteeg. Dat vernietigde mijn liefde. Daarmee ontsloeg ze me op staande voet. Met die grijns eigende ze zich mijn droom toe. Ik zou de beroemde schrijver worden, niet zij. Maar zij zoog alle inspiratie, alle artistieke kracht uit me en spuugde het terug, recht in mijn gezicht.

Hij beweegt. Zijn leren jas kraakt. Een vlaag koud zweet slaat over mijn rug. Hij gaat me vermoorden, daarvan ben ik overtuigd. Ik vraag me alleen af waarom hij het nog niet eerder heeft gedaan.

Ik hoor het portier dichtslaan, zijn schuifelende stappen, de deur achter mijn hoofd gaat open. Ik huiver. Hij buigt zich over me heen. Er flitst iets.

'Zo. Een mooi portretje van onze bestsellerauteur.'

Daarna voel ik zijn hand langs mijn wang glijden. Ik krimp ineen, onbeheerst bevend. Hij pulkt aan het hoekje van de tape over mijn mond, en trekt het in één ruk los. Het lijkt of mijn lippen meescheuren en mijn schreeuw wordt eindelijk bevrijd. Hij mompelt: 'Krijs maar, doe maar, geen mens die je hier hoort.'

Zijn hoofd is zo dichtbij, ik kan mijn tanden in zijn wang zetten. Een mensenbeet is duizendmaal smeriger dan die van een hond. Als ik het goed doe, is hij gekerfd voor het leven, dan is er bewijs, een spoor. Hij sjort aan mijn vastgebonden handen en voeten, de spanning op mijn bovenbenen wordt minder en dan sleept hij me naar buiten, zijn handen onder mijn oksels. En ik, ik laat het begaan. Het is zoals in die steeds terugkerende droom. Ik ren een brug op, weg van de man die me achternazit. Dan, halverwege, kleven mijn voeten aan het asfalt. Ik kan niet meer voor- of achteruit. Als bevroren sta ik daar en de man komt steeds dichterbij. Mijn lichaam is verworden tot een homp klei. Pure angst is alles wat er van me over is.

Hij sleurt me mee, over een modderig pad, naar een grote, houten schuur. Hij heeft een arm om mijn nek geslagen, met zijn vrije hand opent hij het zware slot van de deur, die krakend opengaat. Binnen is het vochtig en ruikt het naar smeerolie en benzine. Een geur die onlosmakelijk verbonden is met Ernst. Sleutelen aan oude auto's en motoren was vroeger al zijn grootste hobby.

Als een zak aardappelen laat hij me vallen op de koude, betonnen vloer, die bedekt is met een laag drek, een mengsel van rottende bladeren en gelekte olie, waarna hij zich zwijgend over me heen buigt en de tape rond mijn voeten begint los te peuteren. Als hij klaar is, trekt hij mijn laarzen en sokken uit. De kou trekt op naar mijn blaas en kruipt via mijn ruggengraat omhoog. Hij gooit de laarzen en de sokken in een gietijzeren korf. Ik realiseer me wat hij ermee gaat doen.

'Waarom Ernst?' vraag ik zachtjes als hij met het pistool in mijn rug port en me beveelt voor hem uit te lopen.

Ik kijk om me heen, zo geconcentreerd mogelijk, probeer elk detail in mijn hoofd op te slaan. Modderige, cementen vloer. Links een werkbank, waarboven gereedschap in het gelid hangt. Een wit koffiezetapparaat, een draagbare radio. Kleine ramen, groen beslagen ruiten. Een motor, afgedekt met donkerblauw plastic zeil. Een draagbare electroheater zoals Dave ook in zijn werkplaats heeft staan. En de vuurkorf.

'Ik neem terug wat mij toebehoort,' antwoordt hij korzelig.

'Waarom nu pas?' vraag ik. Ik moet stoppen bij een houten ladder, die leidt naar een vide.

'Omhoog,' commandeert hij. Ik draai me om. Kijk hem aan en vraag hem opnieuw: 'Waarom? Waarom nu? Waarom niet vijftien jaar geleden, toen ik je verliet?'

Ik vind geen enkele emotie in zijn ogen. Hij staart me aan, als een adelaar naar zijn prooi.

Ik klim. Hij wacht tot ik helemaal boven ben, met het pistool in de aanslag. Ik zie een versleten groenleren bank waarnaast een scheve schemerlamp staat die gelig licht verspreidt. Een lage tafel vol drankflessen en half leeggegeten bakken Chinees eten. Een camera op statief en daarnaast een klapstoel waarop een laptop ligt. Er liggen kettingen klaar.

Heupwiegend klautert ze naar boven. Ik kijk en zie de spanning in haar opgetrokken schouders. Haar magere ruggetje dat ik zo vaak heb gestreeld met de gedachte dat ik het met weinig moeite zou kunnen breken. Ik had haar in een handomdraai kunnen mollen. Had ik dat maar gedaan. Dan was ze altijd bij mij gebleven. Was haar succes mijn succes geweest. Had ze me niet als een vampier leeggezogen.

Ik denk aan mijn eigen boek. Het vervolg op De acht levens van Sandra. *Dat zal zeker een bestseller worden. Een literaire thriller! En waar gebeurd ook nog eens een keer. Een thriller van kwaliteit, van grote historische waarde. Een doorbraak, dat wordt het. Een boek dat geen geile marketing behoeft. Een boek over onze oorlog. Het boek dat onze relatie zin geeft. Daarom kruisten onze paden elkaar, telkens weer, en daarom zit zij onder mijn huid. Ik ben de uitverkorene. Jij wilde toch het ultieme boek schrijven, Susan? Door in het brein van een moordenaar te kruipen? Dat gaat je niet meer lukken. Dat wordt mijn boek.*

Ik zet mijn voet op de ladder en hijs me omhoog, mijn browning voor me uit houdend. Het is oorlog. En zij is de vijand.

Als hij boven komt val ik op mijn knieën voor hem neer, omklem zijn benen en huil, smeek, kwijl, jammer als mijn Max. Het verlangen naar mijn kinderen is zo groot dat het als een hevige wee door mijn buik golft. Ik moet overleven. Ik moet naar ze toe. Al het andere maakt niet uit. Neem me mijn man af, mijn huis, mijn geld, mijn succes, mijn boeken, maar niet mijn zoon en dochter. Laat me alsjeblieft naar huis gaan. Alsjeblieft. Ik weet het, ik weet waarom hij me niet geblinddoekt heeft. Omdat het niet erg is dat ik deze ruimte zie. Ik zal me die nooit meer kunnen herinneren. Straks ben ik er niet meer.

Waarom heb ik deze man ooit in mijn leven toegelaten? Heb ik het niet vanaf de eerste dag geweten, dat hij mijn lot in handen heeft? Dat als hij me niet maken kon, hij me zou breken? *Coup de foudre*, zo omschreef ik deze liefde aan mijn vriendinnen, en zo voelde het ook. Nooit eerder had een man me zo geraakt. Ik stamelde alleen maar als hij tegen me sprak, sloeg mijn ogen neer en ik was dankbaar voor elke glimp aandacht die ik van hem kreeg, waaruit ik opmaakte dat hij me toch zag staan. Stukje bij beetje vormde ik me naar hem. Ik las zijn favoriete boeken, luisterde naar zijn muziek en stapje voor stapje verloor ik mezelf en kwam dichter bij hem, laf en kwezelig zoals hij vrouwen graag zag.

Hij duwt me achterover met de loop van zijn pistool en lacht als een waanzinnige.

'Stel je niet zo aan,' zegt hij. 'Ik ga je niet vermoorden. Jij gaat nu op die bank zitten, en dan gaan we een filmpje maken. Kun je fijn je liefde betuigen aan je kindjes.'

4

Ik zit op de klamme bank met een kriebelige pisgele deken om mijn schouders geslagen. De jeuk trekt op, vanaf mijn borst naar mijn hals. Vurige rode vlekken verspreiden zich over mijn kin en wangen. Allergie. Waterige ogen, snotterige neus, het pijnlijk gonzen van mijn holtes. Als ik maar even niet goed in mijn vel zit, of mezelf verwaarloos, ontstaat er wel ergens een ontsteking. Mijn blaas, mijn maag, mijn oren, mijn keel, mijn holtes, mijn evenwichtsorgaan.

'Bij jou slaat alles naar binnen,' zegt JP, mijn therapeut, die ik sinds een jaar wekelijks zie. Niet alleen lichamelijk, maar ook geestelijk ben ik niet zo sterk als ik anderen graag wil doen geloven. Daarom slik ik pillen. Oxazepam tegen de angst, Temazepam om te slapen, Effexor om overeind te blijven. Morgen heb ik een afspraak met JP. Elke vrijdagmiddag nemen we mijn leven door. Vorige week nog, herinner ik me, hebben we het over Ernst gehad. Heb ik hem verteld dat Ernsts stem nog steeds in mijn hoofd zit. Dat hij mijn negatieve gedachtes vertolkt.

'Je bent niks. Wat denk je wel niet van jezelf ? Dat jíj een groot schrijver bent? Op een dag zul je door de mand vallen.

Zullen de mensen zien dat jouw boeken niets meer zijn dan de kleren van de keizer.' Soms zie ik zelfs zijn gezicht erbij. Zijn dunne lippen, de hoekige kin, het cynische glimlachje. Dat ik nog steeds van hem droom en vaak denk dat ik hem zie lopen. En misschien heb ik hem al die keren ook echt gezien. Waren het geen hersenspinsels, maar volgt hij me al jaren. Het zou zelfs kunnen dat hij degene is die af en toe belt en weer ophangt.

Ik probeer me als een foetus in de deken te rollen en mijn voeten op de bank te trekken. De kettingen snijden in mijn enkels. Ernst staat achter de camera. Hij vloekt zachtjes terwijl hij op het schermpje kijkt. Drukt driftig op allerlei knopjes. Dan ineens licht het beeldscherm van de laptop op en zie ik mezelf korrelig, weggekropen in de hoek van de bank, breekbaar, verschrikt en oud. Het doet me denken aan de beelden van dictator Ceauşescu en zijn vrouw Elena. Aan alle beelden van de gegijzelden in Irak. Het is de ultieme vernedering om iemands doodsangst vast te leggen. Ik trek de deken over mijn hoofd. Ik zal weigeren hieraan mee te werken. Dan schiet hij me maar af. Het idee dat mijn ouders, Dave, de kinderen me zo zullen zien. Dat dit is wat er van me overblijft, dat men mij zich zo zal herinneren...

Ik hoor zijn voetstappen op me afkomen. Ik omklem mijn benen steviger, duw mijn hoofd tussen mijn knieën. Voel hoe de ketting het vel van mijn hiel schraapt.

Een vlaag kou en keihard licht. Ik pers mijn ogen dicht. Ernst trekt de deken van me af.

'Ik neem aan dat je je kinderen weer terug wilt zien? Hoe

heten ze ook alweer? Doris en Max?'

Hun namen te horen uit zijn mond. Ik zuig mijn longen vol lucht, verzamel al het speeksel in mijn mond, hef mijn hoofd en spuw hem vol in het gezicht. Heel even deinst hij achteruit. Ik krimp weer in elkaar, wacht op de klap en voel dan zijn hand door mijn haren gaan. Hij zet zijn vingers in mijn nek en trekt mijn hoofd achterover. Tranen schieten in mijn ogen van de pijn.

'Je bent niet heel handig bezig, Suusje,' slist hij en zijn bedorven adem schampt mijn gezicht. 'Als je gewoon meewerkt, en je man werkt mee, dan ben je met een weekje weer thuis.'

'Gaat het je alleen maar om geld, Ernst?' vraag ik en ik probeer mijn stem krachtig te laten klinken.

'Het gaat me om gerechtigheid. En ja, daar hoort geld ook bij,' antwoordt hij en zijn blik glijdt over mijn lichaam. Ik stink. Ik ruik mijn eigen urine en zweet.

'Wat wil je dan nog meer? Misschien kan ik het je geven... Het hoeft toch niet zo? Ik ben een moeder van twee kinderen. Drie en vijf zijn ze. Ze hebben me nodig.'

Hij laat zijn greep iets verslappen. Een kopstoot, denk ik, een kopstoot kan iemand in één keer uitschakelen. Als je het goed doet. Recht op de neus.

'Mijn kinderen hebben ook iets nodig,' murmelt hij.

'Ja... Natuurlijk. Hun vader, bijvoorbeeld.'

Hij zwijgt. Spant zijn kaken. Ik weet dat hij kauwt op de binnenkant van zijn wang. Toen we nog samen studeerden kauwde hij een heel gat in zijn wang.

'Laat me gaan, Ernst... Je weet toch dat ze ons binnen een

paar dagen gevonden hebben? Ze zullen me zoeken, en dan komen ze heel snel bij jou uit...'

'Niemand vindt ons hier. En mijn vrouw gaat niet zoeken. Die is allang blij dat ze van me af is.'

Ik probeer hem aan te kijken alsof ik nog iets om hem geef.

'Hoeveel heb je nodig? Zeg het maar. Ik bel mijn bank en morgen hebben ze het geld...'

Bloed klopt in mijn slapen. Ik wil terug naar de oorlogssituatie. Geen intieme conversaties. De haat moet blijven stromen. Ze is het symbool van mijn mislukking. Het moet worden rechtgezet, anders heeft niets zin gehad. Ik moet mijn schandvlek wegwerken. Ik kijk naar haar hand, die ze zomaar ineens op mijn knie legt. Ze wil me breken. Daarom gaat ze ineens op de lieve toer. Ik schuif de hand weg. De trillende glimlach die haar mond vormt, de zachtheid in haar stem. Zwijgen moet ze, maar ze rebbelt maar door over liefde, het gezin, mijn jongens.

'We kunnen nog terug, Ernst! Laat me gaan en niemand zal het ooit weten. Het blijft ons geheim. Zeg me hoeveel je wilt hebben.'

Alsof geld het enige is dat me interesseert. Het is niet voor iedereen zo makkelijk als voor jou, Susan! Jij kent geen nederlagen, geen strijd, geen pijn. Je bent de wereld ingerold met je blonde haartjes en je rozenknopmond, en alles wat je doet verandert in goud. Je hebt me uitgelachen. Eerst verliet je lijf me. Het wendde zich van me af, deinsde terug, je mond verhardde, je sloeg je ogen neer als ik je aankeek, onder mijn handen kromp je ineen. Toen je geest. Je had me niet meer nodig. Je moest op eigen benen staan. In je eigen kracht. Stiekem je eigen pulp schrijven. Een dolk in mijn rug planten. Nooit één woord, één gebaar van dankbaarheid. Geen enkele reactie op mijn brieven. Terwijl ik je gevormd heb.

Je hals onder mijn vingers. Je slagader klopt paniekerig.

'Houd je kop!' roep ik en ik druk harder. Ze slaat haar nagels in mijn gezicht. Die zal ik straks moeten schoonmaken.

'Zwijg, of ik maak je nu af!'

Ik pers de woorden uit mijn mond, zoals haar tong zich tussen haar voortanden door perst. Ze doet een poging tot knikken. Dan laat ik los. Ze kokhalst en de tranen stromen over haar wangen. Ze huilt gierend en beeft over haar hele lichaam.

'Nu,' stamelt ze. 'Je zei: anders maak ik je "nu" af...'

5

Ik wrijf met trillende handen over de beschadigde huid in mijn nek. Ik wil niet dood.

Denk na. Denk voorbij je angst. Er zijn geen regels meer, geen grenzen. Het is hij of ik. Ik kijk om me heen, naar alles wat zich binnen mijn beperkte handbereik bevindt. Flessen op tafel. Daarmee kan ik hem voor zijn kop slaan. Maar een fles is te licht, het zal hem niet uitschakelen, hooguit veel pijn doen en dan wordt hij alleen nog maar razender. De ketting rond mijn enkels zit vast met een groot hangslot. Zonder gereedschap krijg ik die nooit los.

Denk, denk door! Het mag niet zo ophouden. Mijn tas, wat zit daarin? Een nagelvijl. Kan ik hem niet in één keer mee uitschakelen. Pincet. Ook niet. Of ik moet het in zijn oog steken. De balpenmoord. Busje haarlak. Telefoon. Natuurlijk! Ik kan bellen, sms'en, ik heb maar een paar woorden nodig. Werkplaats, Ernst, ontvoerd. En de pillen, niet te vergeten. Een volle strip Oxa. God, wat verlang ik naar de roes van Oxazepam. Even niet bang zijn. Helder denken met een rustig hart.

Ik vraag om mijn tas. En iets te drinken.

'Straks,' zegt hij. 'We gaan eerst filmen.'

Het licht doet pijn aan mijn ogen.

'Je hebt dertig seconden om te zeggen dat je bent ontvoerd door twee mannen. Als zij het losgeld binnen vierentwintig uur betalen, zal je niets overkomen. Instructies zullen zo spoedig mogelijk volgen.'

Ik pluk aan mijn jurk. Ik denk aan mijn moeder, die al in paniek raakt als ik met griep op bed lig. Mijn leven lang is het me gelukt mijn moeder zo min mogelijk bij mijn problemen te betrekken, maar nu...

Het idee dat zij, Dave, de kinderen, mijn zusjes, iedereen... ook Thom op den duur, mij zo zullen zien. Thom. Onze verhouding zal uitkomen. Ik zie ze voor me, mijn geliefden. Een voor een trekken ze voorbij. De gezichtjes van mijn kinderen. Grote, vochtige ogen. De mollige wangen van Max. Doris met haar vlechtjes en ernstige blik. Als Dave ze er maar buiten houdt. Daves lieve, zorgelijke gezicht, zijn warrige haren. Thoms gulzige, volle lippen, zijn stoute, spottende hoofd. Ik wil niet dat iemand het van ons te weten komt, ik kan Dave niet nog meer kwetsen. 'Het komt altijd uit,' zegt JP. 'Je kunt het hem maar beter nu vertellen...' En inderdaad, het zal uitkomen. Op een manier die ik nooit had kunnen voorzien. Ik sterf en laat mijn gezin bedrogen achter.

Ik moet rustig klinken. Ernst kalm houden. Hem geven wat hij wil. Er zal een kans komen om te ontsnappen, daar wil ik op vertrouwen. Hij is alleen, hij kan me onmogelijk dag en nacht in de gaten houden. Dit filmpje krijgt mijn gezin nooit te zien.

Ik schraap mijn keel. Trek de deken over mijn huiverende lijf. Vanaf het beeldscherm staar ik mezelf aan als een bang konijn.

‘Lieve Dave...’ Niet huilen nu.

Ik zeg hakkelend na wat me is voorgezegd. Vanachter het witte licht hoor ik geritsel. Ernst geeft me een *Telegraaf*.

‘Deze omhoog houden. En zeg iets liefs. Voor zover je daartoe in staat bent.’

Schokkerig houd ik de krant voor mijn borst.

‘Lieve Dave, Max en Doris... Ik mis jullie. Ik hou van jullie. Maak je geen zorgen, alles komt goed als jullie luisteren. Houd vol...’ En ik braak bittere gal over mijn arm.

Het licht dooft. Ernst staat achter de camera zelfvoldaan te grijnzen met mijn tas in zijn handen. Steekt een sigaret aan en gooit de tas naar me toe. Ik klem het cognackleurige leer tegen me aan en snuif de vertrouwde geur op van leer, parfum en speculaas.

‘Deze houd ik maar even in bewaring,’ zegt Ernst en hij houdt mijn mobiel omhoog. ‘Interessant materiaal.’ Dan kijkt hij naar het schermpje. ‘Je hebt vier oproepen gemist. Van je mannetje. En één bericht. Zal ik het voorlezen?’

‘Nee, niet doen. Dat zijn jouw zaken niet.’

Hij opent mijn berichten.

‘Natuurlijk zijn het mijn zaken wel. Nu wel.’ Hij leest en er verschijnt een grijns op zijn gezicht. ‘“Susan, alsjeblieft, ik moet je spreken. Je zit nog diep in mijn hoofd en hart. Kunnen we elkaar niet nog één keer zien? Kus Thom,”’ draagt hij voor met aanstellerige stem.

'Gut, Susan, liegen en bedriegen. Dat zijn wel jouw grootste talenten. Ik denk dat het tijd wordt dat de waarheid over jou aan het licht komt. Kijken of die Dave van jou je dan nog steeds terug wil. Zal ik nog een paar berichtjes voorlezen?'

'Houd je kop!'

Ik schreeuw. Druk mijn handen tegen mijn oren en vraag me af of ik misschien gek aan het worden ben. Dat dit niet echt is, dat het alleen maar in mijn hoofd gebeurt. De stem heeft een gezicht gekregen. Ik ben psychotisch geworden, wat niet verwonderlijk is na het hysterische jaar dat ik achter de rug heb. Een schizofreen bestaan dat me in zijn greep heeft gekregen. Schrijfster, moeder, vrouw, minnares – me opdelen in steeds kleinere stukjes, iedereen een flintertje Susan en Susan geeft wat de mensen verwachten, want ze moeten haar allemaal aardig vinden. En wat is het resultaat? Ernst is terug. Ik heb een monster gecreëerd. Het monster in mijn hoofd tot leven geroepen. Het was te verwachten. Er moet een prijs betaald worden.

Ik wil water, of drank, iets waarmee ik een Oxa in kan nemen en de smaak van braaksel wegspoelen. Ik ben licht in mijn hoofd, ik zou iets moeten eten.

'"Liefste, in gedachten houd ik je fiere borsten in handen en kus je tepels."'

Thom met Ernsts stem. Een nachtmerrie.

Hij werpt me een blikje lauw bier in mijn schoot. Ik open het en pak de pillen, die me zullen helpen het pijnlijke bewustzijn uit te schakelen, uit mijn tas. Als ik ze inneem zal over een halfuur de zalige onverschilligheid intreden. Ben ik niet langer bang voor mijn eigen angst. Ik staar naar de witte snoepjes in mijn hand. *Mamma's Little Helpers*. Ze slikken betekent zelfmoord. Ik stop de strip terug in mijn tas.

'Heb je misschien ook iets te eten?' vraag ik.

Ernst wijst op de bakken koude foe yong hai en bami die op tafel staan.

'Dat kan mijn maag niet hebben...' fluister ik.

Ernst grinnikt.

'Weet ik. Het is grappig, hè, wat ik nog allemaal van je weet. Dat je een hekel hebt aan Chinees eten, bijvoorbeeld. Maar helaas, dit is alles wat er is, *babe*.'

Ik herinner me de Kapitein Koek die ik altijd in mijn tas heb voor de kinderen, en begin te zoeken.

'Je hebt wel veel nodig, hè? Eten, drinken, pillen, minnaars. Je bent een bodemloze put, die steeds maar weer van buitenaf gevuld moet worden. Ik heb je gevuld, ooit, maar dat was niet genoeg. Er moest meer komen, altijd maar meer.'

Ik schud mijn hoofd en besluit niet op zijn tirade in te gaan. Het is andersom, denk ik, jij bent onverzadigbaar. Jij had nooit genoeg, jij wilde me uithollen tot er niets meer van me over was.

Ik vind de geplette koek en scheur de verpakking open met mijn tanden. Neem kleine hapjes van het zoete kinderspul. Doris peuzelt altijd eerst de witte sterretjes eraf. Max houdt niet van ontbijtkoek, hij krijgt er plaktanden van, zegt hij. Het idee dat ik ze nooit meer zal zien, zal strelen, zal ruiken, dat mijn kinderen opgroeien zonder zich mij te herinneren.

Moeder zijn is zo ongeveer het enige waar ik echt goed in ben. Als echtgenote faal ik hopeloos, als minnares al evenzeer, over mijn schrijverschap zijn de meningen verdeeld, maar het moederschap gaat me zo natuurlijk, zo makkelijk af. Ik hoor bij hen. Wij zijn één.

Mijn mobiel gaat in Ernsts hand. In een reflex schiet ik overeind. Ernst kijkt op het schermpje. 'Thuis!' roept hij en zwaait met de mobiel in de lucht. 'Je mannetje roept!'

Hij drukt de oproep met een overdreven gebaar weg.

'Jouw Dave wacht maar even. Wij moeten aan het werk. En ik heb ineens een heel nieuw plan bedacht.'

Het zweet druipt van zijn voorhoofd, wat me verwondert in deze kou. Hij trekt een stoel naar zich toe, neemt de laptop op schoot en begint te tikken.

'Dat mooie filmpje van net gaan we naar Thom sturen. Heeft hij eindelijk iets om zich echt druk over te maken.'

'Alsjeblieft,' zeg ik. 'Doe dat niet. Laat hem erbuiten.'

'Waarom? Waarom zou ik hem erbuiten houden? Je zit diep in zijn hart, schrijft-ie. Hij heeft een jaar lang van je mogen genieten...'

'Hoe kom je daarbij?'

'Dat weet ik. Ik weet alles. En het wordt tijd dat hij zijn verantwoordelijkheid neemt. Dat hij zich een kerel toont en je leven redt.'

'Hij kan geen filmpjes ontvangen...' probeer ik.

'Lieg niet tegen me. Hij heeft een palmtop. Hij heeft je foto's gestuurd, dat heb ik toch gezien? De aansteller. Het is wel een cliché, Susan, om een verhouding te beginnen met zo'n cokesnuivende tv-presentator. Iedere andere vrouw kijkt daar toch dwars doorheen.'

'We hebben geen verhouding...'

'Stop godverdomme met liegen!' schreeuwt hij woedend. Hij staat op, pakt de stoel en gooit hem stuk voor mijn neus. Ik krimp ineen.

'Oké, oké, we hebben iets gehad... We hebben elkaar een paar keer ontmoet. Maar nu is het voorbij.'

Ik masseer mijn slapen en probeer mijn gedachten te ordenen.

'Nou, wat Thom betreft niet.'

'Waarom wil je twee gezinnen kapot maken? Of liever gezegd, drie, je eigen gezin meegerekend? Alsjeblieft Ernst, laten we het anders oplossen. We kunnen samen een deal maken. Ik kan ervoor zorgen dat je werk publiciteit krijgt...'

'Liefje, daar heb ik jou straks niet meer voor nodig. Jij gaat mij onsterfelijk maken. En die cokesnuiver, die had eerder moeten bedenken waar hij aan begon. Die maakt zelf zijn gezin kapot. Net zoals jij. Je dacht toch niet dat het nooit uit zou komen, hè? Zo naïef ben je toch niet? Toen je met mij was, kwam het toch ook uit? Je bedrog?'

Mijn mond wordt zo droog als zand. Ik neem een slok lauw bier en voel de oude woede opborrelen.

'Ik heb jou nooit bedrogen. Ik heb je verlaten ja, maar dat moest wel. Ik moest mezelf beschermen.'

'Beschermen? Tegen wat?'

'Tegen jou. Ik verschrompelde naast jou.'

'Jíj verschrompelde naast mij? Nadat je me eerst had leeggezogen? Alles wat in jou zit, heb ik erin gestopt! En niets kreeg ik ervoor terug! Nooit! Geen dankwoord, geen uitnodiging voor je boekpresentaties, geen reactie op mijn brieven, mijn mails... niet eens op mijn boek. Ik besta niet meer voor jou. Je hebt alles van mij geleerd en vervolgens heb je mijn plaats ingenomen. Wat jou toekomt, hoort mij toe te komen!'

'Je bent ziek,' mompel ik en ik herken het weer, de haat waarin mijn liefde voor hem eindigde. De haat die me redde, de grote behoefte om hem te bewijzen dat ik wel degelijk talent bezat, dat ik hem niet nodig had om iets voor te stellen.

Hij komt dichterbij en hij neemt de plastic bak met bami van tafel. Dan komt hij naast me zitten en grijpt mijn armen vast. Hij is zo sterk dat het hem lukt met één hand mijn polsen in bedwang te houden. Met zijn andere hand graait hij door de bami, pakt een pluk en houdt de ranzige slierten voor mijn mond. Ik klem mijn lippen stijf op elkaar en sluit mijn ogen.

'Je moet wat eten, Susan...' zegt hij plagerig en duwt de kleverige slierten tegen mijn kin, smeert ze over mijn gezicht en lacht als een akelig oud wijf.

Het is fijn haar te pijnigen, fijner dan ik van tevoren had gedacht. Ik had verwacht dat het me weinig zou doen, haar lijden, maar dat het me genot zou geven had ik niet verwacht. Ik lach haar uit, zoals ze mij ooit uitlachte. Ik kijk neer op haar schokkende lijf en steek een sigaret op. Neem een slok bier. Verbazingwekkend waartoe ik in staat blijk. Jarenlang heb ik hiervan gedroomd. Haar te vernederen. Haar te kleineren zoals ze mij kleineerde. Haar te laten voelen hoe het is om al je waardigheid te verliezen. Ik heb de droom uitgewerkt, fijngeslepen, tot in detail.

Ik wrijf over mijn maag en voel dat het branden, de misselijkheid is verdwenen. Ik ben opmerkelijk fit, voor het eerst in maanden, in jaren misschien wel. De energie suist door mijn lijf. Ik zou kilometers kunnen rennen zonder moe te worden. Zij is de zweer, de tumor die me al die tijd heeft geplaagd. Nu ik met haar afreken, krijg ik mezelf weer terug. De oude, bruisende, niet te stuiten, opstandige Ernst.

Het is tijd voor de volgende stap van de operatie. Ik kijk op mijn horloge. Een uur. Nog bijna zeven uur voor de zon opkomt. Ik ga het makkelijk redden. Ik ben briljant.

Ik sta op en loop naar mijn laptop. Open mijn hotmail. Tik het e-mailadres van Thom de Witte in. Rare vrouw om alle gegevens van haar minnaar in haar mobiel te bewaren. Onderwerp is 'Help Susan'. Ik verstuur het filmpje ook naar zijn 06-nummer via anoniemsms. Op de achtergrond het gesnotter van Susan. Dit is nog maar het begin, meisje. Wacht maar, het wordt allemaal nog veel erger. Dan interesseert het je geen bal meer wat er met Thoms gezinnetje gebeurt. Ik zie het voor me, de chaos die zich nu in huize De Witte voltrekt. Hij is journalist in hart en nieren, dus zal hij zijn mobiel op het nachtkastje hebben liggen. Of in de zak van zijn designerspijkerbroek. Staat hij net een biertje te bestellen. Of neemt net een lijntje. Opent het bericht. En daar ligt ze, zijn hoer. Bepist en bekotst. Zeg maar dag met je handje.

6

Dit is het. Dit is mijn grootste angst. Alle controle verliezen. Beschaamd en vernederd. Door iedereen afgewezen worden. Nu het eenmaal zover is dat al mijn bordjes van hun stokjes afdonderen, kan het me vreemd genoeg maar weinig schelen. Het enige dat ik wil is overleven. Ik weet hoe het nu gaat, daar, ver weg in mijn andere, normale wereld. Thom ziet het filmpje en raakt in paniek. Hij lijkt zo heldhaftig en stoer, maar ik ken zijn ware gezicht. Ik ken zijn angst, zijn neiging om ten koste van alles zijn eigen hachje te redden. Maar uiteindelijk zal hij besluiten het juiste te doen, daar ben ik van overtuigd. Het gaat tenslotte om mijn leven dat in zijn handen ligt. Hij zal Dave bellen, die in de keuken zijn woede zit te verdrinken en de telefoon opneemt. Hoort dat wat hij al tijden vermoedde en ik zo hevig en verontwaardigd ontkende, waar blijkt.

Ik moet nu ophouden te denken aan hen en me concentreren op mezelf. Ik kan hieruit komen. Ik kom hieruit. Dat moet ik als een mantra blijven herhalen. Er zijn geen beperkingen, alleen maar kansen, zegt JP altijd.

Ernst scharrelt rond aan de andere kant van de vide,

loopt van de laptop naar zijn zwarte weekendtas en lijkt in zichzelf te mompelen. Ik vraag me af hoe het zover heeft kunnen komen. Ooit hebben we toch van elkaar gehouden. Ik in elk geval wel van hem. De grote, donkere, zwijgende intellectueel met het zwaarmoedige hart. Ziekelijk jaloers was hij, toen al en ik vond het indrukwekkend dat hij me zo totaal wilde bezitten. Het getuigde van grote liefde. Mijn lange blonde haren vond hij hoerig, dus die gingen eraf. Lippenstift vond hij ordinair, dus mijn lippen bleven bleek. Hoge hakken maakten me langer dan hij en hij vond het geen gezicht hoe ik erop strompelde, dus werden ze vervangen door bergschoenen. Dansen kon ik voor geen meter, dus bleef ik aan de kant staan. En schrijven, tja, voor schrijven was ik nog lang niet rijp genoeg. Ik had geen enkele diepgang, beperkt literair vocabulaire, weinig talent. Maar ik moest toch iets bijzonders hebben waardoor hij bij me bleef, ondanks het feit dat ik iets te mager was naar zijn smaak.

Vijftien jaar geleden wist ik hem met mijn lichaam te overtuigen van mijn liefde. Misschien is dat nu mijn redding. Moet ik me volledig aan hem overgeven. Ik fluister schor zijn naam en hij kijkt verstoord om.

'Ernst,' zeg ik, 'ik voel me zo smerig... mag ik me een beetje opfrissen? En ik heb het zo koud...'

'Ik maak je niet los,' antwoordt hij, 'dat kun je vergeten.'

'Heb je dan een washandje en wat warm water en zeep? En een trui misschien...'

'Je rot maar lekker in je eigen vuil.'

'Mijn enkels liggen helemaal open, straks krijg ik bloedvergiftiging...'

'Dat zal wel loslopen.'

'Alsjeblieft, laat me mijn wonden schoonmaken...'

Hij staat op, pakt zijn grote zwarte tas en komt naar me toe. De planken kraken onder zijn voetstappen. Hij haalt mijn sigaretten uit de zak van zijn leren jas, steekt er een aan en gaat naast me op de lage tafel zitten. Dan kijkt hij naar mijn enkels.

'Ziet er beroerd uit.'

'Het voelt ook beroerd. Mag ik een trekje?'

Hij neemt de sigaret uit zijn mond, buigt zich naar me toe en steekt het filter tussen mijn lippen. Ik kijk naar zijn gezicht, probeer de Ernst van vroeger te zien, en glimlach. Zuig de rook naar binnen en blaas uit, met getuite lippen. Ik neem afstand van mijn lichaam. Het is voor hem. Alsjeblieft. Neem het.

'We hebben het toch ook goed gehad?' fluister ik. Mijn ogen worden vochtig. Voorzichtig raak ik zijn schouder aan. Zijn arm schokt onder mijn vingers. Hij neemt een trekje en laat zijn blik over mijn hals, mijn borst, mijn borsten dwalen. Ik leg mijn hand tegen zijn wang. Het valt me op hoe geel en dof zijn huid is.

'Het doet zo'n pijn. Mogen mijn enkels los? Ik kan toch geen kant op. Jij bent de baas. Jij bent sterker.'

'Nee...' mompelt hij. Met één hand rukt hij mijn jurk open, duwt mijn rode beha naar beneden en knijpt in mijn linkerborst, waaronder mijn hart razend bonst. Ik zal me niet verzetten. Hij leunt voorover, legt zijn lippen om mijn tepel. Mijn maag draait zich om en ik sluit mijn ogen. Ik ben niet hier. Ik ben thuis, in mijn warme bed, mijn billen tegen Daves kruis, zijn handen om mijn buik.

Ernst bijt, meedogenloos hard.

'Ze zijn niet veel groter geworden in al die jaren,' zegt hij, vol afkeer.

Hij pakt een van de flessen van tafel en zet hem aan zijn mond. De drank drupt van zijn kin. Alsof hij erin zou trappen. Alsof hij niet op alles voorbereid is. Ook op mijn pogingen om hem te verleiden. Sneu, noemt hij me. Een neukertje. Thoms neukertje. Ik ben de neukbare auteur. Past helemaal in deze tijd. Wat is je neukbaarheidsfactor? Daar draait het allemaal om.

Ik druk mijn handen tegen mijn oren en begin te neurien. Probeer me te concentreren op het liedje. De melodie komt vanzelf, de woorden kan ik niet vinden. Ik weiger nog langer naar zijn tirade te luisteren.

Hij trekt mijn handen weg en ik verzet me. Zijn vingers lijken mijn polsen te verbrijzelen en ik geef het op, snikkend van woede. Ik haat het om zwak te zijn terwijl ik razend ben, te voelen hoe ik mijn kracht verlies en verander in een jengelend weekdier. Het zal me niet redden, op deze manier eindigt mijn leven in zijn handen.

'Draai je om,' commandeert hij en hij trekt mijn armen naar achteren. Ik moet me wel omdraaien om te voorkomen dat hij mijn schouders uit de kom trekt. Mijn gezicht verdwijnt in de morsige kussens van de bank en achter mijn rug hoor ik een klik, gevolgd door koud metaal rond mijn polsen. Nu zijn ook mijn handen geketend. Ik kan niet zien wat hij achter mijn rug aan het doen is. Ik bibber onbeheerst terwijl ik een vreemd geklik hoor. Ik jammer en smeek hem me te laten leven. Koortsige doodsangst jaagt door mijn lijf bij de gedachte dat hij met zijn pistool bezig is. Dat dit mijn executie wordt.

Ik heb haar handen achter haar rug geboeid. Dan gaat het makkelijker. Ik weet niet zeker of ik door kan zetten als ik haar van pijn vertrokken gezicht zie. Ik moet terug naar het plan, mag geen tijd meer verliezen met discussies en opgerakelde pijn. Haar mond, haar hals, haar borsten maken nog steeds een gloeiend verlangen in me los en dat doorkruist mijn bedoelingen. Ze is geen vrouw, geen geliefde, geen schoonheid, geen mens zelfs. Ze is de vijand die ik dien te bestrijden en te overwinnen om onsterfelijk te worden.

Ik leg het plastic over haar handen en zet de keukenrollen, de thermoskan met ijsblokjes en een bakje klaar. Het kokertje. Pak de ijzerschaar uit mijn tas. Het piept in mijn hoofd. Dit is niet het moment om duizelig te worden. Ik had natuurlijk allang mijn medicijnen moeten nemen. En niet zoveel moeten drinken.

Mijn handen beven. Ik moet het nu doen. Ze zullen het weefsel onderzoeken en constateren dat de ontvoerde nog in leven is. Ik vraag haar op te houden met jeremiëren. Ik krijg er knallende koppijn van.

Haar fijne, lange vingers gaan door de mijne. Ze is linkshandig, herinner ik me. Ik neem haar linker wijsvinger, de vinger waarmee ze haar verhaaltjes in elkaar heeft geflanst en leg deze tussen de bladen van de ijzerschaar. Bijt op mijn onderlip tot ik bloed proef.

Een explosie van pijn, zo hevig, dat ik mijn bewustzijn dreig te verliezen. Ik herken mijn eigen gekrijs niet. Dit is sterven, letterlijk het leven uit je te voelen vloeien, eindeloos te vallen door licht zo wit en twinkelend als sneeuw, totdat het rood wordt, van ijskoud naar verstikkend warm. Ik ben niet meer bang. Ik val samen met de pijn. Ik val en zie Daves glimlach, alleen zijn lieve, rechte tanden, het opkrullen van zijn bovenlip zoals ook Doris' lippen krullen en daar is Max, die me roept. Ze vervagen en Thom ligt op me, zijn mond halfopen, zijn ogen die zich recht in de mijne boren, zijn hijgend gefluister. We vrijen en ik loop leeg, smelt onder hem weg als een ijsje in de zon. Dan ineens is het koud. IJskoud. Ik zie Ernst niet, maar ik weet dat hij het is die mijn hoofd in het kussen duwt en met zijn andere hand mijn billen gretig naar zich toe trekt. Hij ademt zwaar en ik huil gesmoord als hij zich in me boort. Plotseling is het stil. Hoor ik alleen nog het klapperen van mijn tanden. Ik ruik bloed, mijn eigen bloed en voel de snerpende pijn in mijn linkerhand. Ik probeer mijn vingers te bewegen. Met mijn duim tast ik langs de plek waar zo-even nog mijn wijsvinger zat. Het is hem gelukt me te vernietigen.

Mijn hand in een bak met ijs, mijn bloed dat de ijsblokjes rood kleurt. Het bakje doet overlopen. Ik zal leegbloeden. Ik huil en spuug mijn laatste gal. Ernst geeft me een beker koud water met een rietje en twee paracetamollen. Ik heb geen energie meer over om hem te haten. Hij komt naast me zitten, zet een emmer warm water tussen zijn benen en begint me te wassen met een versleten handdoek. Zachtjes veegt hij mijn gezicht schoon en als ik mijn ogen open, glimlacht hij naar me. Verontschuldigend bijna. Hij is geen steek veranderd. Eerst trapt hij me de grond in en als ik verslagen aan zijn voeten lig, helpt hij me overeind. Ik herinner me ook weer hoe verslaafd ik daaraan was. Niet aan het vertrapt worden, maar aan zijn schuldbewuste tederheid die er steevast op volgde. Zijn excuses, zijn strelende hand en zachte troostende kussen die maakten dat al mijn vragen en twijfels weer verdwenen en plaatsmaakten voor diepe, destructieve liefde en opluchting. Hij haatte me toch niet echt. Het was slechts zijn onmacht, sterker nog, het was uit pure, wanhopige liefde dat hij me pijnigde, eerst alleen met woorden en later ook fysiek en ik kreeg medelijden met hem. Ik wilde hem redden, zijn lieve, zachte kant steeds weer opnieuw tevoorschijn toveren. Het gaf me het gevoel bijzonder te zijn, de enige uitverkorene die zo'n heftige, begaafde, complexe man wist te veroveren. Ik vond mezelf ook heel sterk, destijds, dat ik het lef had te lijden voor de liefde.

‘Wil je me alsjeblieft los maken?’ vraag ik voor de zoveelste keer, maar nu is er een kans dat ik gehoord word, dat er iets door zijn pantser van agressie heen dringt. Zwijgend tast hij in zijn broekzak naar de sleutels, pakt eerst mijn enkels en ontdoet me van de kettingen en daarna van de handboeien. Ik draai me om en ik schuif over de bank, onder me ligt blauw plastic vol bloed, ik lig al klaar, klaar op de lijkenzak. Misschien ben ik al dood, of denkt hij dat en wast hij me daarom zo teder.

‘Ik kan natuurlijk geen sporen achterlaten,’ mompelt hij vriendelijk, meer tegen zichzelf dan tegen mij. Ik til mijn verminkte hand op. Hij heeft hem verbonden, maar het bloed sijpelt door het witte verband heen.

‘Ik maak je schoon, ik maak alles schoon en dan kunnen we gaan.’

Heel ver weg denk ik mijn mobiel over te horen gaan. De wereld roept. Ze moeten me kunnen vinden via mijn telefoon. Het zal doordringen, de radaren worden nu in werking gezet. Hoe hard Ernst ook poetst, het is slechts een kwestie van tijd voor ze ons vinden. Zo niet via mijn mobiel, dan wel via zijn laptop.

‘Waar gaan we naartoe?’ vraag ik en nieuwe hoop stroomt door mijn aderen.

‘Ze wachten op je.’

‘Wie zijn ze?’

‘De anderen, die je naar de volgende locatie zullen vervoeren.’

‘Je liegt,’ zeg ik. ‘Er zijn geen anderen...’

Als er werkelijk anderen zijn, maak ik geen schijn van kans.

'Kom even zitten.' Hij gaat verder, onverstoorbaar. Hij trekt me omhoog zoals een verpleger zou doen. Stroopt mijn jurk voorzichtig van mijn schouders en mijn armen, trekt hem onder mijn billen vandaan.

'Deze is ook vies,' zegt hij en hij trekt aan mijn rode kanten slipje. 'Doe maar uit, ik heb schone kleren voor je.'

Ik sla mijn rechterhand beschaamd voor mijn kruis.

'Ik wil niet dat je kijkt.'

'Ach kom, ooit zag ik je dagelijks naakt. Voor wie trek je dat hoerige ondergoed aan, hm? Voor Thom zeker? Had je een afspraakje bij het benzinestation, halverwege? Lekker even op het openbaar toilet...'

Hij doopt de handdoek weer in de emmer, wringt hem uit en wrijft er zachtjes mee over mijn buik.

'Geef me alsjeblieft mijn kleren,' stamel ik en ik duw zijn hand weg.

Haar lichaam is nog steeds jong. Te mager, maar wel jeugdig alsof ze geen vijftien jaar ouder is geworden sinds de laatste keer. Weet je nog, Susan? Nee, natuurlijk niet. Jij wilt alles wat we hebben gehad vergeten. En zeker die laatste keer, nadat je me keihard uit je leven had gebannen. Je wilde alleen verder, je wilde leven en ik gaf je de kans daar niet voor. Je was niet gelukkig. Uit de kooi breken, zo noemde je het. Onze liefde, een kooi. Het deed zo'n pijn. Twee jaar lang werkten we samen, sliepen we samen, dronken we samen, schreven we samen. We konden elkaar ook naar de strot vliegen, maar dat hoort bij het soort liefde dat we deelden. Compleet en allesomvattend. Leerling en meester. Ik heb je alles geleerd en daarna gooide je me weg, als een gebruikt condoom.

Ik kijk toe hoe jij je wast, met neergeslagen, doffe ogen en het is die dofheid die me vijftien jaar terug in de tijd werpt. Je had het uitgemaakt. Op straat, in nog geen tien minuten tijd. Ik hoefde me niets in het hoofd te halen, want je was niet alleen, zei je en even verderop stond een jongen, zo'n zelfverzekerd, breedgeschouderd corpsballetje, ons in de gaten te houden. Je zei bang te zijn dat onze relatie in geweld zou ontaarden. Dat ik hulp moest zoeken. Je had me net zo goed ter plekke kunnen castreren. Alsof ik je mishandelde, alsof ik een of andere asociale analfabeet was die elke zaterdagavond zijn vrouw in elkaar timmerde. Alles wat er tussen ons was voorgevallen had jij uitgelokt. Door keer op keer verraad te plegen. Me op te naaien, onder mijn ogen te sjansen met anderen. Een verhaal in te leveren dat je mij niet had laten lezen. Met vriendinnen te gaan stappen terwijl je beweerde vroeg naar bed te gaan. Ja, daar was ik boos over geworden, maar elke keer had ik spijt betuigd en dat waren de mooiste momenten van onze liefde. Het likken van elkaars wonden.

Nadat je me had gedumpt, vlak voor de Hema nota bene, liep je weg, met die bal, je stak je arm pesterig door de zijne en rechtte je rug, zonder nog één keer om te kijken. Ik volgde je. Je ging koffiedrinken met die lul en legde je hoofd op zijn schouder. De lul aaide je wang. Ik had hem nog nooit eerder gezien, maar wist zeker dat dit al maanden aan de gang was. Achter mijn rug om. Jij was me een verklaring schuldig. Alleen daarom ging ik naar je kamer, waarvan ik nog altijd de sleutel had. Zo stom was je, om niet eens de sleutel terug te vragen.

Je kwam alleen binnen. Verstijfde toen je me zag. Het is pijnlijk afgrijzen en angst te lezen op het gezicht van je grote liefde. Ik had zoveel vragen, maar ik vergat ze te stellen nu je voor me stond en zei te gaan gillen als ik niet onmiddellijk verdween. Ik wist dat je blufte. Je had niet het lef dat te doen. Doe maar, zei ik, we zijn toch alleen. Je huisgenoten zijn allemaal naar huis. Ik heb ze zien gaan. En toen omhelsde ik je, hopend dat in elk geval onze lichamen elkaar nog verstonden. Als een plank lag je in mijn armen, maar je duwde me niet weg, gelaten liet je toe dat mijn handen je borsten zochten, je warme kruis, en ik wilde naar binnen, diep in je zijn, je wilde toch zo graag begeerd worden? Je kon het krijgen. Ik greep je bij je dikke blonde haren en duwde mijn tong je mond in. Ik herinner me nog je ogen, opengesperd maar dof en vol haat en ik wilde die kille blik niet zien, dus draaide ik je om, trok je rok omhoog en je maillot naar beneden en legde je op de tafel.

'Je doet maar, Ernst. Geniet ervan. Dit is de laatste keer dat je me vernedert,' zei je, en je gaf je over aan mijn snoevende gebeuk. Het gaf geen verlichting, mijn zaad in je te lossen. Nadat ik was klaargekomen, bleef je op de tafel liggen, als een lappenpop en weigerde je me aan te kijken. Had je dat wel gedaan, dan had ik sorry gezegd.

7

Uit zijn tas haalt Ernst een stapeltje kleren. Mijn tennissokken, grijze trainingspak, Filippa K-T-shirt en Sloggi-slip. Ik heb me de afgelopen weken gek gezocht naar deze kleren.

'Hoe kom je daaraan?' vraag ik.

Hij grijnst zelfingenomen.

'Niet zo moeilijk. Jij waant jezelf zo veilig. Altijd alle deuren en ramen open. Het is heel makkelijk om bij je naar binnen te lopen.'

Ik herinner me de muffe, vette baklucht die ik een paar weken geleden rook in ons washok. Hij is in mijn huis geweest. Dicht bij mijn kinderen.

'Ik heb erover nagedacht, weet je, om een van die kleintjes mee te nemen. Ze waren zo lief op straat aan het spelen. Je dochtertje, hoe heet ze ook alweer, Doris, vertelde me dat jij boodschappen aan het doen was.'

Praat niet met vreemden. Ik druk het hun zo vaak op het hart.

'Ze waren bij mijn buurvrouw... Alle kinderen spelen op straat... Wat heb je in godsnaam voor leven als je je kinderen niet meer alleen buiten kunt laten spelen?'

'Geen. Maar daar heb je toch voor gekozen? Als je je werk promoot als een soort hoer, dan zijn dit de consequenties, Suus. Wil je aandacht, dan krijg je aandacht, maar niet alleen positieve, zo werkt het.'

'Houd je bek!' Ik spuug de woorden uit.

'Ja, dat wil je niet horen. Dat je dit over jezelf hebt afgeroepen.'

Ik wil zijn ballen zijn ingewanden in trappen. Zijn tanden uit zijn mond zien rollen. Mijn lange nagels in zijn oogbollen zetten en ze naar binnen drukken tot hij erin stikt. Anders stik ik. Ik houd het niet meer vol, ik zal sterven, exploderen, omdat ik geen lucht meer krijg van woede. Hij verdient het niet te bestaan. Hij verdient het niet dat ik erin blijf. Ik zal volhouden, langer dan hij, ik zal sterk zijn, sterker dan hij. Ik trek het T-shirt over mijn hoofd en de geur van mijn eigen wasgoed breekt mijn hart. Ik wil naar huis. Ik wil dat deze nachtmerrie stopt. Het kan gewoon niet waar zijn dat mij dit overkomt.

Mijn mobiel gaat weer over. Het geluid komt uit Ernsts leren jas. Hij pakt hem en kijkt naar het schermpje. Ik weet wat hij ziet. Een foto van Dave met Max en Doris op schoot, aan een zonovergoten Spaans strand. Ik graai naar mijn telefoon. Ik hoef maar één woord te zeggen. Alleen de naam van mijn ontvoerder, dat is genoeg. Maar ik ben te traag, of Ernst is te snel. Met een zwaai gooit hij de telefoon op de grond en stampt erop met zijn grote, zwarte motorlaarzen, terwijl ik zijn naam schreeuw in de ijdele hoop dat Dave het hoort. De tranen stromen over mijn wangen.

'Denk je nu echt dat dit jouw mobiel is? Dat ik zo stom

ben? De jouwe ligt allang in het kanaal! Haha! Je batterij, je lijntje met je aanbidders, je surrogaathart! Je dacht dat dit je leven zou redden, hè? Vergissing! Het is de mijne! Als ze je zoeken, dan zijn ze nu aan het dreggen bij Schagerbrug!'

'En de berichten dan die je voorlas?' vraag ik.

'Haha! Die kwamen binnen toen je voor lijk naast me in de auto lag. De auto ligt nu trouwens ook in het kanaal.'

Hij pakt de ijzerschaar van tafel, heft deze met beide handen boven zijn hoofd en hakt als een dolle in op wat nog over is van de mobiel, totdat hij naar zijn maag grijpt en kermend in elkaar zakt.

Even denk ik dat dit bij zijn verdorven spel hoort. Verstijfd blijf ik op de bank zitten. Hij ligt in elkaar gerold als een foetus te kreunen en wiegt zichzelf. Hij vloekt. Kermt of ik hem zijn pillen wil toewerpen. Ze zitten in de tas, het grijze doosje, die grote blauwe tabletten. Mijn eerste reactie is om ze te gaan pakken. Te gehoorzamen aan mijn misbruiker. Ik voel me zelfs verantwoordelijk voor zijn pijn. Maar dat is even. Dan sta ik op, wankel, op mijn schrijnende enkels.

'Jij blijft zitten!' zegt hij.

Ik loop om hem heen, tollend op mijn benen, maar ik loop en hij bekijkt het maar. Mijn armen en benen trillen bij elke beweging. Ik pak de ladder. Zie hem kronkelen van de pijn. Hij probeert zich voort te slepen, mijn kant op. Ik durf niet meer om te kijken, bang dat ik dan verstijf. Ik overweeg de ijzerschaar te pakken en hem zijn hersens in te slaan, maar wat als ik het niet kan? Ik moet mijn krachten sparen. Wegwezen, opschieten. Ik dwing mijn knikkende benen de smalle treden van de ladder op. Het is hoger dan ik dacht en ik kan maar één hand gebruiken. Dit is mijn enige kans. Ik daal de ladder af, trede voor trede het donker in. Ik kijk niet naar boven uit angst voor hem en niet naar beneden uit angst voor de onbekende diepte. Ik staar strak voor me uit en verzet me tegen de duizeligheid en de warme, klamme koorts die oprukt in mijn lijf. Iedere stap lijkt me een uur te kosten.

Dan, zijn stem. Luid.

'Ik houd mijn wapen op je gericht. Nog één stap en je hersenen spuiten je oren uit.'

Het kan niet. Hij kan me niet zien. Zijn kogel zal me niet raken.

Bevend zet ik de volgende stap. Ik zie geen hand voor ogen. De grond moet vlakbij zijn. Ineens lijk ik te zweven. Het is geen duizeling, de ladder beweegt. Ik kan niet zien hoe ver ik boven de grond ben, maar iets in me zegt dat ik los moet laten, dat ik moet springen en ik laat mezelf vallen, de diepte in. Ik geef een gesmoorde kreet als ik neerkom op mijn kont. Er is geen tijd voor pijn. Ik krabbel overeind en mijn hand glijdt weg in het glibberige laagje modder dat op het koude beton ligt, mijn dijbenen trillen van de spanning. Ik kruip, tastend langs de houten wand, op zoek naar de deur en als ik die vind zal ik het op een rennen zetten, naar buiten, het land op, het bos in, op zoek naar licht, geluid, ik zal het halen, nog even en ik zal mijn kinderen weer in mijn armen sluiten. Mijn ogen beginnen te wennen aan het donker, ik zie een zwakke streep maanlicht die tussen de kieren van de deur door glipt en ik spring op, naar de klink, slechts centimeters scheiden me van de vrijheid, maar waar ik niet aan heb gedacht, is dat hij overal op voorbereid is en dus de deur op slot heeft gedaan. De ladder, ik moet de ladder weghalen...

De aanval is nog nooit zo hevig geweest. Het is alsof een hyena zich in mijn darmen heeft vastgebeten. Het is de drank natuurlijk. De drank die de pijn eerst verzacht om zich vervolgens te wreken, mijn maagwand en darmen aan te vreten. Bijtend zuur dat mijn slokdarm verbrandt.

Ik zie haar gaan in slechts haar T-shirt en kan niets doen behalve in elkaar duiken en blijven ademen. Het zuur dat ook mijn borst in tweeën scheurt en tegen mijn hart drukt. Ik kruip naar mijn tas. Vind mijn pillen en neem er voor de zekerheid drie. En een pijnstiller. Kauw op het cement dat het zuur zal remmen. Ze kan nergens heen. Ze zal niet ontkomen. De pijnscheuten trekken zich terug. Ik trek mijn wapen en schuifel naar de ladder. Ik pak de ladder en duw hem heen en weer. Hoor haar angstig gehijg. Ik duw harder. Ze heeft nauwelijks nog kracht. De doffe klap en haar gesmoorde gekerm. Ik grinnik. Ze zoekt een uitgang, als een rat in de val. Ze is zo dom. Het duurt even voordat ze aan de ladder denkt. Maar nu sta ik er al op. En ik ben sterker.

Het is tijd om te gaan. Om haar laatste akte in te luiden.

dat losgetrokken wordt, het kraken van zijn leren jas. Ik ruik hem. Ik ruik zijn haat. Hij is in zijn element. Ik ken hem. Hij is altijd beter geweest in haat dan in liefde.

De tape gaat om mijn polsen. Ik schreeuw het uit van de pijn.

'Als je je bek niet houdt, tape ik die ook dicht.'

Ik zwijg om niet nog meer vrijheid te verliezen.

Hij sjort me omhoog. Trekt me mijn slip en mijn grijze jog-gingbroek aan en bruine laarzen, de kaplaarzen van Dave. Veel te groot om mee te kunnen rennen.

'Zo,' zegt hij. 'Nu gaan we een eindje rijden. Op naar de anderen.'

Ik tol op mijn benen, ziek en rillerig. Het stompje van mijn linker wijsvinger klopt zo hevig, dat ik er bijna misse-lijk van word. Anderen. Er mogen geen anderen zijn.

'Wat gaan ze met me doen?'

'Ze nemen je over. Gaan je bewaken op een plek waar nie-mand je zal vinden.'

Zijn stem slaat over. Er klinkt een zekere zwakte in, die ik eerder niet hoorde. Hij haalt een grote sleutelbos uit zijn jaszak en opent de houten deuren. De geur van herfst en vochtige aarde dampt me tegemoet.

Ernst duwt me voor zich uit, door zompige grond die hij verlicht met een zaklamp. De hemel is zonder sterren van-nacht. Ergens in de verte klinkt het zachte geruis van een snelweg. Ik zal niet ver komen als ik me losruk en wegren met deze laarzen, hoewel de donkere nacht in mijn voordeel is. Ernst lijkt mijn gedachten te lezen en duwt de loop van zijn pistool in mijn nek.

'Ik zit er niet mee je af te schieten. Ik heb mijn filmpje, ik heb je vinger. Genoeg om mijn missie te laten slagen. Je leven doet er niet meer toe,' sist hij.

We lopen langs hoge, dikke eiken tot hij me het struikgewas in stuurt, dat langs mijn benen en mijn gezicht krast. Er scharrelt van alles door het kreupelhout, dat knapt onder mijn voeten en ik hoor mijn eigen doodsbange hijgen als in een film. Het licht van Ernsts zaklantaarn weerkaatst plots in de koplampen van een oude, legergroene landrover.

'Daar is mijn vriend,' zegt Ernst.

'Je hebt alles tot in de puntjes uitgedacht...' stamel ik zachtjes. Het idee dat hij al maanden bezig is geweest met het plannen van mijn martelgang, terwijl ik me veilig waande, argeloos mijn lezingen hield, mijn kinderen in bad stopte, mijn minnaar bezocht, mijn man om de tuin leidde, mijn leven leidde... Het leven dat nu in mijn gezicht ontploft.

'Je kent me toch,' lacht hij, en hij heeft gelijk, ik heb het nooit vergeten, zijn ziekelijke aandacht voor planning en details. Hoe zijn pennen en potloden op een rij op zijn bureau lagen en o wee als je er een had aangeraakt, laat staan gebruikt. Hij zag het onmiddellijk. Ieder uitstapje met hem had iets weg van een militaire oefening en er hoefde maar iets niet te kloppen, of niet aan zijn verwachtingen te voldoen, en hij werd razend. Als hij me belde en ik was niet thuis, dan ging hij op mijn kamer zitten wachten, kokend van woede. Eén keer, toen ik moest lachen omdat hij onderuit ging met skiën, sprak hij de rest van de week niet meer tegen me. Betrapte hij me op het dragen van lippenstift, dan haalde hij een keurig opgevouwen zakdoek uit zijn jaszak en veegde ruw mijn lippen schoon.

Ik liep altijd op mijn tenen en nog was het nooit goed genoeg. Ik was zijn horige, het enige waar ik naar verlangde was zijn goedkeuring.

Wanneer veranderde dat? Wat was het in mij, dat tegen hem in verzet kwam? Was het mijn liefde voor het schrijven, die hij probeerde plat te trappen, en die toch steeds weer opkwam, als zevenblad? Of het besef dat hij me niet tot slachtoffer maakte, maar ik mezelf? Dat ik het mezelf liet aandoen? Dat hij de verwezenlijking van mijn zelfhaat was? Verdien ik het misschien, dat hij me dit aandoet? Ergens, diep vanbinnen, vind ik van wel, besef ik tot mijn grote schrik.

Ernst opent de rechterdeur van de landrover en beveelt me in te stappen. Ik sta als aan de grond genageld. Mijn benen willen rennen, het donkere bos in, vluchten naar het geluid van de snelweg, maar mijn hoofd weigert dienst. Hij trekt me naar zich toe en duwt me de jeep in als een onwillige hond. Ik kerm van de pijn. De wond aan mijn vinger begint te ontsteken. Het koude zweet op mijn rug en gezicht is er de voorbode van. Ik val voorover met mijn neus op de leren bank en Ernst klautert achter me aan, pakt mijn handen en snijdt met een mesje het tape dat om mijn polsen zit los. 'Jij moet rijden,' zegt hij. 'Dan kan ik je beter in de gaten houden.'

Ik kom overeind en schuif verbaasd achter het kleine, hoge stuur. Waarom? Waarom neemt hij dit risico?

Ik streel het stuur met mijn goede hand.

'Haal je niks in je hoofd. Een verkeerde beweging en je gaat eraan,' zegt hij en hij legt zijn hand met het pistool erin quasi nonchalant achter me op de leuning.

'Wil je alsjeblieft die hand weghalen?' vraag ik. 'Straks gaat dat ding bij de eerste de beste hobbel in mijn rug af...'

'Voorzichtig rijden, dus,' antwoordt Ernst.

'Ik rij helemaal niet op deze manier. Rij jij maar.'

Er valt een stilte. Zijn ademhaling klinkt als die van een oude kettingroker. Ik span mijn schouders, klaar om de klap te ontwijken. Ik laat me niet meer afschrikken. Erger kan het toch niet worden. Langzaam trekt hij zijn arm weg. Hij legt het pistool in zijn schoot en overhandigt me met een verbeten grijns de contactsleutel.

Het voelt anders deze keer. Bitterzure golven bewegen zich door al mijn organen. Kleine pacmannetjes die me uithollen. Gif is het, gif dat zij in me aanwakkert, sinds de dag dat ze me is ontstolen. Zij heeft me aangetast, zij is de tumor die groeit en groeit, die zich voedt en laaft aan mijn onmacht, mijn miskenning. Grote kans dat ik me straks, na het slotstuk, beter voel. Als de tumor is vernietigd. Ik moet mijn krachten sparen. Ik wil er ook van genieten. Het is de eerste en tevens de laatste keer dat ik dit zal meemaken.

Ik ben te zwak om twee dingen tegelijk te doen. Daarom moet zij rijden. Kon ik maar even rusten, de ogen sluiten, mijn gedachten stilleggen. Maar de tumor slaapt nooit. Als ik me overgeef aan mijn zwakte zal ze me met huid en haar opvreten. Het is oorlog. Dit is mijn slotmissie. Ik zal pas sterven als mijn nazaten veilig zijn en mijn naam op ieders lippen ligt. Geen seconde eerder.

Ik tast met ingehouden adem naar het contact. Zet mijn voet op het gaspedaal en druk het in. De jeep hikt en slaat af. Ik start nog een keer en leg mijn linkerhand op het stuur, dwars door de pijn heen. Druk het gaspedaal dieper in tot de motor giert en schakel naar zijn achteruit. Ernst ontgrendelt hoofdschuddend de handrem en dan vliegen we met horten en stoten achteruit.

'We gaan rechtsaf dat bospad op,' zegt Ernst. Zijn ogen flitsen van mij naar de weg en weer terug. Voor het eerst merk ik dat hij net zo nerveus is als ik. Of dat in mijn voor- of nadeel is, weet ik niet.

Ik rijd de rammelende auto het kronkelige pad op, zo langzaam mogelijk, want ik heb elke seconde nodig om te kijken en na te denken. Ergens langs deze weg ligt mijn kans.

'Moeten we ver?' vraag ik.

'Een flink eind,' zegt Ernst.

'Je kent dit gebied goed...' Hem aan de praat houden, afleiden.

'Ik werk hier. In ruil voor het onderhouden van het bos mag ik de schuur gebruiken.'

‘Ah. Voor je auto’s zeker?’

‘Je moet niet zoveel vragen stellen.’

Even zwijgen we. We laten de bomen achter ons en rijden door open veld. Het pad verandert in een klein modderig spoor, met een grasstrook in het midden.

‘Vroeger hield je al van het bos,’ probeer ik. Ik herinner me de eindeloze wandelingen die we maakten. Het straffe tempo en zijn monologen, over politiek en literatuur. In het begin hing ik aan zijn lippen, onder de indruk van zijn zelfingenomen wijsheid. Ik vond het heerlijk, zoals hij me leidde, het maakte dat ik me veilig en geliefd voelde. En nog, nog steeds ben ik blijkbaar op zoek naar een leidende man, die me beschermt tegen de boze wereld en me alles uit handen neemt. Dave is dat in het geheel niet. Daar heb ik hem op uitgezocht, vlak na Ernst. Nooit meer zou ik me laten overheersen, me door een man laten vertellen hoe ik eruit hoorde te zien en hoe ik me diende te gedragen, me geestelijk noch lichamelijk laten mishandelen. Maar het bloed kruipt waar het niet gaan kan. Daves zachtaardigheid is voor mij niet genoeg. Ik wals over hem heen, hunkerend naar redding. Pas geleden dacht ik dat Thom dat was, de grote alles verzengende liefde die me van mijn eenzaamheid kon verlossen, maar ook dat bleek een illusie.

‘Red jezelf, en vergeet die mannen,’ zegt JP. ‘Kijk toch eens in de spiegel. Je hebt ze niet nodig.’

Het licht van de koplampen beschijnt dikke hoge bomen. Het open veld ligt achter ons. We staan op een T-splitsing, voor een helling. Nevelige regen valt op de voorruit. ‘Linksaf,’ bast Ernst en ik draai de jeep het hobbelige pad naar boven op. We raken steeds verder van de bewoonde wereld. Het pad is absurd steil voor Nederlandse begrippen.

'Kom op, gas geven!' moppert Ernst en we kruipen hotsend de helling op. Mijn hart begint steeds luider te bonzen en ik vrees ineens wat me boven op de heuvel te wachten zou kunnen staan. De anderen.

Ik laat het gas haperen. Heel even maar. Ernst port me met zijn pistool en vloekt, maar het is al te laat, met een hortende schok valt de motor uit in de steile bocht. De jeep glijdt iets achteruit, tot ik de handrem stevig aantrek. We staan stil, hellen achterover, en Ernst is in alle staten.

'Opnieuw starten, kom op, trut!' snauwt hij, zwaaiend met zijn gewapende hand. Ik start. De motor loeit.

'Niet te veel gas, verdomme, straks verzuip je de motor!'

Dat mag niet gebeuren.

'Nu de rem langzaam loslaten! Gas geven! Handrem los!'

Ik doe het precies andersom. De jeep deinst gierend achteruit. Ik rem en trek de handrem weer aan.

'Jezus trut, de hellingproef, weet je nog? Gewoon kalm blijven en doen wat ik zeg!'

Ik beef over mijn hele lichaam. 'Ja, dit zijn ideale omstandigheden om kalm te blijven,' sis ik.

Ik start weer. Geef gas. En laat de hellingproef opnieuw meesterlijk mislukken. Ernst is zo kwaad dat hij het pistool tegen mijn hoofd zet en dreigt me ter plekke af te schieten. Mijn kaken verstijven en ik sluit mijn ogen. Ik gok erop dat hij het niet doet. De man van planning en orde. Als hij me hier doodschiet laat hij sporen na. Hij heeft me levend nodig. Nog wel.

Het pistool zakt. Ernst zucht.

'Schuif hierheen. Ik rij hem wel omhoog,' zegt hij.

'Ik durf niet...' stamel ik sidderend.

'Wat durf je niet?'

'De rem los te laten. Ik kan het niet...'

'Laat gewoon los, er gebeurt niks. Hij staat op de handrem.'

'Ik kan het niet...' Het is niet moeilijk een paar tranen uit mijn ogen te persen.

'Jezus!'

Ik huil, met schokkende schouders.

'Dat heb ik altijd... als de hellingproef mislukt... Ik vind het zo eng... ik verstijf helemaal. Ik kan het echt niet!'

Ernst haalt snuivend adem.

'Oké. Ik neem de handrem. Jij laat langzaam de rem los en ik neem het over. Dan schuif je over mij heen, goed?'

Ik schud mijn hoofd.

'Mijn hand, mijn arm, het doet zo'n pijn. Ik heb de kracht niet...'

Even lijkt het alsof hij me gaat slaan, met zijn elleboog dwars door mijn oogkas, maar dan bedenkt hij zich.

Hij zwaait zijn deur open en stapt uit. Gooit de deur weer dicht. Loopt zijwaarts, voor de auto langs, zijn blik en zijn pistool op mij gericht. Het boezemt me nauwelijks nog angst in. Zelfs bedreigd worden went. Hij doet precies wat ik had gehoopt. Ik heb slechts enkele seconden.

'Ik heb je onder schot,' schreeuwt hij. Ik hoor paniek in zijn stem. 'Haal je niks in het hoofd!'

De regen is in mijn voordeel. Hij kan mij onmogelijk

scherp zien. Onzeker schuift hij langs de motorkap, vastgeklonken aan zijn wapen. Het moet in één keer goed. Met trillende handen draai ik aan de sleutel in het contact. Ik geef gas. Laat de koppeling opkomen. Ik zie Ernst opkijken. Mijn rechterhand omklemt de handrem. Hij heft zijn wapen. Hij schreeuwt, ik hoor niet wat. Ik trek de handrem eerst iets omhoog. Dan laat ik hem zakken. Geef gas bij. Een suizend geluid. De auto schiet vooruit. Een oorverdovende knal. De voorruit breekt in duizend stukjes. Een schroeiende, diepe pijn in mijn schouder. Ik hoor een doffe klap en de auto stuitert naar boven, over zijn lichaam en stenen en boomstronken, ik verlies de controle, de jeep glibbert heen en weer, ik geef gas bij en slinger aan het stuur, maar het is te laat, de grond lijkt onder de auto weg te zakken en als in slow motion hobbel ik de berg af, tot de jeep krakend en knarsend tot stilstand komt. Mijn voorhoofd klapt op het stuur, de glasscherven vliegen me om de oren. Doffe, tintelende warmte verspreidt zich over mijn gezicht en daarna zink ik weg, in weldadige duisternis.

Koude regen op mijn wangen. De penetrante geur van benzine. Ik moet eruit. ERUIT! De zaklantaarn. Waar heeft hij die gestopt? Ik tast onder de stoel, in de bakjes van de deur. Onder de rechterstoel vind ik hem. Ik zet mijn vingers in de deurvergrendeling. Er gebeurt niets. Ik duw met mijn schouder tegen de deur. Een felle pijnscheut. Verder niks. Ik duw met het allerlaatste restje kracht dat ik nog in me heb, zet mijn voeten tegen de deur, maar het lukt niet. Ik zal door de voorruit moeten klimmen. Haastig sla ik de glassplinters eruit met mijn rechtervuist, die ik in de mouw van mijn sweater gestopt heb. Dan grijp ik naar de dakrand, hijs mezelf op, pers mijn benen uit het verwrongen staal van de auto, mijn laarzen achterlatend, en ik klauter naar buiten. Ik laat me vallen in de modder, krabbel overeind en ren, zo ver mogelijk weg van de jeep, de nacht in.

Sterven boezemt me geen angst meer in. Niet meer. Het zal een verlossing zijn. Vrij van de woede die mijn hart verzwaart, van het onrecht dat me mijn hele leven heeft achtervolgd, van de wraakgevoelens die me vanbinnen leeg vreten. Het onrecht dat uitgerekend mij heeft verkozen en me een terminale tumor toebedeelt, me mijn vrouw ontneemt, dat me talent heeft gegeven, discipline en hartstocht voor het vak en me vervolgens lezers heeft onthouden. Een waardeloos leven, dat nog iets van waarde zou kunnen hebben als ik Susan meesleep in mijn val. Ik hoef niet gelukzalig dood te gaan, sterven zonder nog te verlangen naar wraak is genoeg.

Ik probeer me om te draaien. Met mijn neus in de aarde krijg ik nauwelijks lucht. Een zak gebroken botten en gezwellen, meer ben ik niet. Dat is nog het allergrootste onrecht, te moeten wegkwijnen. Kreunend werp ik me op mijn zij. Ik tast om me heen, in de hoop mijn browning te vinden. Dan hoor ik het. Het maakt dat mijn wanhopig koude lichaam ineenkrimpt. De explosie. Het fluit in mijn oren. De hete lucht golft over me heen, de grond trilt en een rode gloed verwarmt mijn wangen. Het is de landrover. Met haar erin. Het kan niet anders. Ik heb geschoten. Moet haar geraakt hebben. Het loopt anders dan ik bedacht had, maar ze gaat eerder dan ik. En was dat niet de bedoeling?

Nu zal ik moeten doen wat ik me heb voorgenomen te doen als mijn missie anders zou lopen dan gepland. Mijn vrouw en kinderen, mezelf, iedereen een lijdensweg besparen. Susan van Doorn is lijdend ten onder gegaan, stervend aan de verschrikkingen waar ze zelf zo graag over schreef. Door de hand van de meester, haar meester. Het is een kunstwerk waardoor mijn dood niet onopgemerkt voorbij zal gaan. Men zal mijn boeken gaan lezen. De afgekeurde manuscripten en het manuscript dat klaar ligt, zullen alsnog worden uitgegeven. Mijn brieven en e-mails worden gebundeld. Mijn zonen worden gekend zoals ik nooit gekend ben.

Ik probeer mezelf omhoog te duwen, maar de pijn slaat me terug. Mijn linkerbeen voelt aan alsof er gloeiende ijzeren staven doorheen geboord worden. Ik probeer mezelf naar het pad te slepen. Daar ergens moet hij liggen. Mijn browning. Mijn verlosser.

Ik weet niet hoe lang ik tussen de bomen door strompel. Het kan een uur zijn, maar ook vijf minuten. Ronddolend als een zombie. Ik kom steeds op dezelfde plek uit. Mijn ogen branden en tranen. In mijn oren zoemt sinds de explosie een harde toon. Ik weet niet waar ik ben en ik weet niet welke kant ik op moet. Achter elke boom vrees ik Ernst. Hij kan het overleefd hebben. Ik heb hem geraakt, maar hoe hard en waar? En die anderen waar Ernst het over had zullen ons zoeken. Misschien moet ik me verschuilen, wachten tot het licht wordt, maar ik ben bang dat als ik ga zitten, ik mijn ogen sluit en nooit meer wakker word.

Ik vind het pad terug waar we overheen zijn gereden. Ik klauter naar boven, van boom naar boom, mijn voeten zo verstijfd van de kou dat iedere stap een gevecht lijkt. In de verte lijkt het licht te worden. Nog even. Om de paar passen sta ik stil om te luisteren, maar ik hoor niets behalve mijn eigen angstige gehijg en het trage, vriendelijke getik van de regen. Ik kom bij de bocht waar ik de helling af ben gereden, ik zie de diepe sporen in de zware modder. Mijn adem stokt in mijn keel. Hier ergens ligt Ernst. Ik zak door mijn knieën en laat mezelf vallen tegen een dikke eik. Ik kan niet meer. Ik ben misselijk en koortsig, mijn ogen lijken uit hun kassen geperst te worden door de schele hoofdpijn. Het zal toch wat zijn, hier alsnog te sterven. Dat het allemaal voor niks is geweest. Dat mag echt niet gebeuren. Ik hijs mezelf overeind en kijk om me heen. Mijn oog valt op iets wat een meter of zes lager tegen de helling ligt, half onder de bladeren. Het beweegt. Ik houd mijn adem in en omklem de zaklantaarn, die kleverig is van het bloed dat door mijn verband heen sijpelt. Ergens ver weg blaft een hond. Misschien een vroege wandelaar. Een van mijn ontvoerders? Of de politie, op zoek naar mij?

Voorzichtig laat ik me naar beneden glijden. Het kreunt, komt iets omhoog en maait met zijn arm om zich heen, tastend door de bladeren. Ik daal verder af en dan zie ik liggen wat hij zoekt. Zomaar, tegen een boomwortel. Ik pak het op. 'Is dit wat je zoekt?' schreeuw ik. Ik herken mijn eigen stem niet. Schril, hysterisch.

Ernst duwt zichzelf met zijn laatste kracht omhoog en kijkt zoekend rond, zijn ogen samengeknepen. Ik doe de zaklantaarn aan en schijn hem recht in zijn ogen.

'Susan...' stamelt hij. Zijn stem klinkt zwak.

Mijn hart bonst. Hij is zwaargewond. Hij zal niet achter me aan komen. Als ik nu verder loop, het pad af, naar het licht, ben ik vrij. De afschuwelijkste nacht van mijn leven is voorbij. Maar daar ligt hij, creperend in zijn eigen bloed en ik wil niets anders dan hem confronteren met wat hij me heeft aangedaan. Ik wil hem vernederen. Mijn trotse voet in zijn nek zetten en hem om genade laten smeken. Ik sta op en loop naar hem toe, het pistool op hem gericht. Ik weet niks van pistolen. Misschien is hij vergrendeld. Zitten er geen kogels meer in.

Bij zijn hoofd ga ik door de knieën. Ik zet de loop op zijn slaap.

'Voelt fijn, hè?' fluister ik.

'Schiet maar. Het interesseert me geen flikker,' antwoordt Ernst. Ik trek aan zijn schouder en draai hem om. Hij schreeuwt het uit van de pijn. Ik zet de loop op zijn voorhoofd.

'Waar zijn die anderen?' vraag ik. Ernst krimpt ineen en kokhalst.

'Er zijn geen anderen,' zegt hij.

Ik leg mijn vinger om de trekker. Het is mijn verkeerde hand. Mijn arm trilt. Hij heeft me gemolesteerd.

'Doe het. Haal die trekker over. Ik ga toch dood.'

Ik kan het niet.

'Ik heb kanker. Pancreaskanker. Uitgezaaid. Mijn lever. Ik ben al naar de klote. Opgegeven. Dus het maakt mij allemaal niets meer uit. Ik sterf liever hier dan dat ik afwacht tot de kanker me helemaal heeft opgevreten.'

Ik kijk in zijn zieke ogen en vergeet slechts één seconde mijn woede. Net genoeg voor hem. Net genoeg om uit te halen naar mijn pols en te proberen het wapen uit mijn hand te wringen. Ik schreeuw. Stoot mijn knie in zijn maag. Als driftige kleuters vechten we om het wapen, beiden te zwak om te winnen.

'Ik neem je mee de dood in,' fluistert hij schor in mijn

oor. Onze lichamen kronkelen traag over elkaar.

'Als mijn leven moet eindigen, dan het jouwe ook.'

Ik laat niet los, al voelt het alsof mijn arm eraf wordt gerukt. Nooit zal ik loslaten.

'Het heeft alleen zin gehad als ik afreken met jou...'

Mijn vinger wurmt zich om de trekker. Hij trekt mijn gewapende hand naar zich toe. Ik boor mijn tanden in zijn pols tot ik bloed proef. Ik ben geen mens meer, maar een beest. Het gaat niet meer om overleven, maar om verscheuren, vertrappen, uiteenrijten. Ik zet mijn nagels in het vlees van zijn wang. Ik weet niet meer waar zijn kreten beginnen en de mijne ophouden. Pas als een doffe klap er een einde aan maakt, door mijn lichaam siddert, de lucht doet trillen en ons beiden tegen de grond slaat, laat ik los.

Naast me het oppervlakkige snuiven van Ernst. Het kraken van zijn leren jas. Hij beweegt. Hij is niet dood, godzijdank, ik heb hem niet vermoord, denk ik even. De dag breekt aan, het eerste licht sijpelt door de bomen. Stille mistige damp hangt om ons heen. Ik krabbel overeind, duizelig en slap, maar levend.

Ik kijk om. Hij ligt op zijn rug, zijn hoofd van me afgedraaid. Een oude, stervende man. Ooit hield ik van hem. Meer dan van mezelf. Ooit was zijn huid zacht als satijn, strak gespannen over pezige spieren, bezat hij sterke armen die hij om me heen sloeg in bed. Ooit noemde hij me prinses.

'Waarom, Ernst?' vraag ik. 'Waarom nu pas?'

Hij probeert zijn hoofd te draaien. Het lukt hem niet.

'Ik heb je altijd gevolgd...' De woorden komen moeizaam uit zijn mond.

'Jij negeerde me. Na alles wat je van me hebt geleerd... Geen enkele reactie. Eén keer een dankwoord... in een van je boeken, daar was ik blij mee geweest...'

Ik schud mijn hoofd en veeg de tranen weg. 'Pas toen ik ophield met naar jou te luisteren, kreeg ik de ruimte. Je hebt alleen maar geprobeerd me tegen te houden.'

Een grote bloedvlek vormt zich onder zijn hoofd.

'Ik haat je...' gorgelt hij.

Ik kan hem nauwelijks verstaan. Ik loop naar hem toe en zak bij zijn hoofd door mijn knieën. Zijn ogen zijn verkleurd, van diep donkerbruin naar de kleur van honing, zijn mond ligt al doodsblauw en verstrakt in zijn gelaat.

Een auto komt dichterbij. Hij stopt. Achter ons het slaan van deuren.

'Wat was je met me van plan, boven op die heuvel?' vraag ik.

'Ons graf...' murmelt hij. 'Ik had het zo goed voorbereid. Niemand had het ooit gevonden.'

Ernst legt zijn hand op mijn been. Opent traag zijn mond. Ik breng mijn gezicht dichter bij het zijne.

'Het geld was bedoeld voor mijn jongens...'

Ik knik, terwijl mijn tranen op zijn bloedende hoofd druppen. Ik leg mijn hand langs zijn wang. 'Ik zal ervoor zorgen dat ze het goed krijgen,' fluister ik.

9

De agent is nog veel te jong om autoriteit uit te stralen. Zijn pet, waaronder bruine, vettige krulletjes vandaan komen, lijkt te zwaar voor zijn hoofd en zijn uniform twee maten te groot voor zijn stakerige lijf. Hij durft me nauwelijks aan te kijken en ik voel een sterke aandrang hem te zeggen dat het allemaal wel goed komt. Hij slaat warmtefolie om me heen en een andere agent vertelt me dat ik nog even moet wachten op de ambulance. Eerst zal Ernst afgevoerd worden.

'Voordat we beginnen...' zegt hij, en hij schraapt zijn keel. 'U hoeft niets te zeggen. U hebt het recht te zwijgen. Alles wat u zegt, kan als bewijs tegen u gebruikt worden. U hebt ook recht op een advocaat...'

Ik sluit mijn ogen. Word misselijk van de weeë geur in het politiebusje.

'Je gaat mij toch niet arresteren?'

'Begrijpt u wat ik zeg?'

'Nee. Ik ben het slachtoffer van een ontvoering. Die man daar heeft mij geprobeerd te vermoorden... Er is toch wel melding gemaakt van mijn ontvoering? Of vermissing?'

Het kan zijn dat ze de politie erbuiten gehouden hebben. Dat ze Ernsts orders hebben opgevolgd. Misschien zitten ze op dit moment bij elkaar. Te wachten op het volgende bericht.

'Eh, ik wil eerst weten of u begrijpt wat uw rechten zijn.'

'Ik begrijp het. Maar ik heb niks gedaan! Ik ben slachtoffer. Ik heb mezelf alleen maar verdedigd.'

'Dat zal het onderzoek uitwijzen.'

'Heeft mijn man geen aangifte gedaan van mijn ontvoering? Waarschijnlijk bij bureau Alkmaar?'

'Eh, nee. Dat is geheel onbekend bij ons. Geeft u me het nummer van uw echtgenoot, dan zullen we hem voor u bellen.'

Als de mobiel tegen mijn oor gehouden wordt, kan ik alleen maar huilen. Ik had het kunnen zijn, die daar in een grijze zak de ambulance ingeschoven wordt. Dan had Dave aan mijn graf gestaan, wetend dat ik hem had bedrogen, zonder nog enige uitleg van mij. Dan had ik hem niet meer kunnen vertellen hoeveel ik van hem houd, dat ik voor hem kies. Ik weet nu hoe makkelijk het is alles kapot te maken. Iets heel houden, dat is de kunst.

Zijn stem klinkt alsof hij de hele nacht is doorgezakt. Ik murmel zijn naam. Het snot loopt over mijn lippen. Op de achtergrond hoor ik Max huilen.

'Godverdomme Susan, waar hang je uit?'

'Ik leef,' stamel ik.

'Nauwelijks, zo te horen. Je zoon is jarig, weet je nog? Ik heb je verdomme de hele nacht geprobeerd te bereiken. En kom nu niet weer aan met die kutsmoes dat je batterij leeg was!'

Hij weet van niks. Ik hap naar adem. 'Lieverd...'

'Rot op met je lieverd. Ik ben het zo zat, Susan. Ik zit hier godverdomme met twee jankende kinderen... ik heb geen zin meer in je excuses.'

Zijn stem slaat over. Ik hoor hem zijn neus ophalen. Hij huilt.

Thom heeft hem niet gebeld. Heeft het filmpje niet laten zien. Ik staar naar de bomen en recht mijn schouders. Ik had het kunnen weten. De lafaard.

'Dave,' zucht ik, 'vergeef me. En kom alsjeblieft... Ik heb je nodig.'

Dan zak ik in elkaar en geef ik me eindelijk over.

Van: *thom@goldproductions.nl*
Aan: *suusje35@hotmail.com*
Onderwerp: SORRY

Lieve, mooie Suus,

Ik weet het, je vindt me een lul. En zo voel ik me ook. Ik kom net bij de politie vandaan en ben daar geconfronteerd met de beelden die ene Ernst S., jouw vermeende ontvoerder, naar mij ge-mms't en gemaild zou hebben in de nacht van jouw verdwijning. Ik ben me kapot geschrokken, Suus, echt waar, ik ben er kotsmisselijk van. Sterker nog, ik ben helemaal naar de klote, niet in staat om vanavond de opnames te doen. Ik heb Carola gevraagd het van me over te nemen. Volgens de politie is het onmogelijk mijn naam buiten het onderzoek te houden, dus ik ben bang dat ik het straks ook aan Jolijn moet gaan uitleggen. Grote kans dat ik er daarna uit lig. Mijn gezin, mijn carrière... Ik ben verdomme echt ten einde raad. En dan nog het idee dat jij mij een lafaard vindt. Dat jij denkt dat ik het filmpje gedelete zou hebben om mijn hachje te redden. Het toeval, het noodlot, het is maar net hoe je het noemt, is dat ik net die avond mijn mobiel in de gracht heb laten vallen. Je hoeft het niet te geloven, maar het is echt waar. Ik was op weg naar mijn auto die op de gracht geparkeerd stond, al bellend, met iemand van de redactie en ik rende een beetje, omdat het begon te regenen. Ik struikelde over zo'n klotesteen die omhoog stak, mijn telefoon schoot uit mijn handen en vloog zo de gracht in. Je kunt het nagaan bij de redactie, ik ben teruggegaan, balend natuurlijk, en gelukkig stond mijn hele contactenlijst nog in de computer. Dus die hebben we even gebluetooth naar mijn nieuwe mobiel, maar daarop kan ik geen mms ontvangen.

De e-mail heb ik nooit gezien, maar dat komt waarschijnlijk doordat ik het hotmailadres al een tijd geleden heb opgeheven, weet je nog? Nadat Jolijn in mijn computer had rondgesnuffeld?

Ik wist dus van niks! Natuurlijk was ik naar Dave gegaan, en naar de politie als ik had gezien dat jij in levensgevaar verkeerde! Je bent mijn grote liefde! Mijn liefde voor jou zit zo diep, al moest ik de Noordzee overzwemmen, de Mount Everest beklimmen, ik zou het doen. Je bent en blijft de mooiste, de liefste en de enige reden waarom we niet samen zijn, is omdat we dan te veel mensen pijn doen.

Nou, mooie schat, ik hoop dat je het begrijpt en me vergeeft. Mijn schuldgevoel jegens jou is bijna ondraaglijk. Ik zou het fijn vinden je nog een keer te zien en het face to face aan je uit te leggen. Voor jou maak ik tijd, altijd.

Liefs en kussen,
Jouw Thom

Een goed huwelijk

1

Het is nooit mijn bedoeling geweest haar pijn te doen. Ik wilde alleen maar met haar praten. Haar vragen waarom in godsnaam. Ik was nieuwsgierig naar haar. Ik wilde weten hoe de vijand eruitzag. Welke uitdrukking er op haar gezicht zou verschijnen als we oog in oog zouden staan. Ik hoopte op schuldgevoel en angst. Een beetje ontzag misschien. Ik was tenslotte zijn vrouw, de moeder van zijn kinderen, ik was degene die de maatpakken kocht die hij uittrok als hij in haar bed stapte, die de overhemden streek die zij open knoopte, die hem steeds weer verontschuldigde op verjaardagen en ouderavonden, omdat hij het zo druk had. Eindelijk wist ik waarmee.

Monique heette ze. Monique Kaldeman. Moos noemde hij haar. Moosje. Ik moest braken, de eerste keer dat ik die naam las, onder aan een e-mail die ik per toeval vond in de nog niet geledigde map 'verwijderde items'.

'Ik verheug me zeer op Rome! Nog drie dagen en we liggen naast elkaar in een Italiaans spijlenbed! Honderd kussen op je warme buik, jouw Moosje.'

Ik had zijn koffer voor Rome inmiddels al half ingepakt. Op zijn verzoek. Hij zei een congres te hebben over een nieuw soort borstimplantaat, waarvan werd beweerd dat het 'een revolutie in de plastische chirurgie' zou veroorzaken. Het was volkomen veilig, kapselde niet in, gaf de borsten een volstrekt natuurlijk uiterlijk. Hij vertelde dit allemaal bij het avondeten zonder een krimp te geven. Helaas kon ik niet mee. Het viel precies samen met de verjaardag van onze jongste dochter Daantje. We konden het niet maken samen weg te gaan.

Mijn handen trilden toen ik de mail uitprintte en het papier daarna opvouwde tot het zo klein was als een luciferdoosje en in mijn broekzak propte. De rest van de dag bleef ik misselijk, alsof ik zwanger was. Zwanger van het eind van ons huwelijk. Ik wist wel dat een verhouding niet het einde hoefde te betekenen, dat we er met veel praten en vergeving best wel uit zouden kunnen komen, maar ergens diep vanbinnen voelde ik dat dit allemaal niet voor ons gold. Dat ik onmogelijk tegen Moos op zou kunnen. Ik wist zeker dat haar jonge, strakke lijf nog nooit had gebaard of gevoed, dat ze een onverzadigbare seksdrive had en vermoedelijk een interessante baan, bij de film of in de reclamewereld, zoiets.

'Rome, *of all places*! Godverdomme!'

Ik huilde als een klein kind. Snot liep uit mijn neus. Daphne, mijn vriendin, reikte me een doos tissues aan en een groot glas koele witte wijn. Ik keek naar mijn dochters, die als nietsvermoedende dwazen op de trampoline stonden te springen. Ze zwaaiden. Ik zwaaide terug.

'Mijn god, Daph... Hoe kan hij dit nou doen? Op Daantjes verjaardag nota bene!' Een nieuwe golf tranen diende zich aan.

'Ach liefje, het is vreselijk... ik vind het zo erg voor je...'

Ze wreef over mijn rug. Ik slurpte bij het nemen van een slok. Het interesseerde me niet.

'En dat ik het niet doorhad! Nu, ja, nu vallen alle stukjes in elkaar. Al dat overwerken. En sporten. Opeens moest hij drie keer per week trainen. Onder de zonnebank. Hij raakte me nooit meer aan. Draaide meteen zijn rug naar me toe als we in bed lagen... En ik vond het allemaal best. Lekker rustig. Jezus, waar was ik? Wat voor zombie ben ik geworden dat ik dit allemaal niet doorhad? Dat ik dit heb laten gebeuren? Had niemand me kunnen waarschuwen? Had jij me niet kunnen waarschuwen?'

Ik keek haar aan en zag dat ze mijn blik ontweek. Hoe rode vlekken van haar nek bezit namen. Ze friemelde nerveus aan haar lange blonde paardenstaart.

'Nou ja, weet ik veel. Hoe had ik je kunnen waarschuwen? Daarbij, je had toch niet naar me geluisterd.'

'Natuurlijk had ik wel naar je geluisterd.'

'Je moest er op je eigen manier achter komen.'

Daphne gebaarde met de fles witte wijn. Ik hield mijn glas op. Ze schonk bij.

'Hoe bedoel je?'

'Nou ja, als ik iets had gezegd... Ik vind niet dat dat mijn taak is. Ik wilde me niet in jullie huwelijk mengen.'

Ze keek me nog steeds niet aan.

'Je gaat me toch niet vertellen dat je dit wist?'

Daphne zuchtte. De rode vlekken bereikten haar gezicht.

'Mark heeft weleens wat verteld.'

Mijn mond viel open.

'Ja, sorry hoor! Ik zat er ook mee. Maar wat moest ik doen? Mark zei: je houdt je kop! Bemoei je er niet mee! We vonden het allebei heel moeilijk... Maar uiteindelijk is het zijn taak om het aan jou te vertellen, en niet de onze...'

Ik gooide mijn glas achterover en stond op. Met overslaande stem riep ik mijn dochters.

'Sophie! Doe normaal. Ga zitten. Hoe denk je dat het voor mij is? Ik vond het ook verschrikkelijk. Ik heb er nachtmerries van gehad, dat mag je gerust weten.'

Ik trok mijn arm los uit haar greep en viel bijna tegen de buffetkast.

'Walgelijk,' mompelde ik, 'jullie zijn walgelijk, allemaal. Wie weten het nog meer?'

Ze schudde haar hoofd en haalde haar schouders op.

'Eeehm... Victor en Annelies. En Ben en Eva, denk ik...'

Ik sloot mijn ogen voor enkele seconden en verbaasde me erover dat ik ineens niets meer voelde. Geen verdriet, geen woede, geen angst, niets behalve een extreme vermoeidheid. Al onze vrienden wisten het. Waarschijnlijk hadden ze er avondenlang over gesproken. Of ze het me moesten vertellen of niet. Beter van niet. Ze zou het toch niet willen weten. Misschien wist ze het al en had ze er vrede mee. En als ze het niet wist, dan moest ze wel oerstom zijn dat ze het niet in de gaten had. Het was ook logisch dat dit gebeurde, gezien Wouters beroep en zijn populariteit bij de vrouwtjes... Ze had ook nooit moeten stoppen met werken, zo'n man als Wouter moet je proberen bij te houden... En aan het einde van zo'n avond hadden ze waarschijnlijk opgelucht geconcludeerd dat hun zoiets nooit, nooit, nooit zou overkomen.

Daphne sloeg een arm om me heen.

'Kom nou nog even zitten en laten we er gewoon als twee volwassen vrouwen over praten...'

'Nee!' schreeuwde ik. En ik bleef schreeuwen. Noemde haar een hypocriete trut. Een smerige verraadster. Ik pakte een ingelijst familieportret van haar salontafel en smeet dat aan diggelen. Ze werd bang van me, zei ze. 'Mooi!' gilde ik. Eindelijk was er een keer iemand bang van mij. Daphne beet me toe dat ik Wouter zeker weg zou jagen als ik er zo mee omging. En ze gaf hem geen ongelijk. Ze had alleen maar geprobeerd het goed te doen. Daarop pakte ik haar handgeblazen glazen vaas van de schouw, trok de roze anemonen eruit en kieperde het water over haar heen. En toen liep ik weg, gevolgd door twee huilende dochters.

Ik wist dat ik mijn meisjes behoorde te troosten. Maar ik kon het niet. Door mijn lichaam trok een storm van woede, een woede die ik nooit eerder had gevoeld. Rome. Spijlenbed. Honderd kussen op je warme buik. Moosje. De woorden hamerden door mijn hoofd. Het was heel belangrijk dat ik de onderste steen boven kreeg. Ik wilde precies weten wanneer het begonnen was. Wat ze met elkaar hadden gedaan. Hoe vaak hij tegen me had gelogen. Welke momenten tussen ons oprecht waren en welke niet. Hoe lang mijn leven een leugen was.

Het stoplicht ging op rood en ik remde af. Bonkte met mijn hoofd op het stuur. De pijn was prettig.

'Mama, waarom doe je zo raar?' stamelde Daantje snikkend.

'Mama is boos. En verdrietig. Niet op jullie hoor, maar op mezelf.'

'Je lijkt wel gek geworden...'

'Nee, lieverd, mama is niet gek. Niet meer.'

Ik deed boodschappen. Alsof dit een gewone dag was. De meisjes mochten van mij een zak snoep en een tijdschrift uitzoeken. Ik gooide aardappels, snijbonen, perssinaasappels, bananen, twee pakken melk en een pak yoghurt in mijn kar, onderwijl vriendelijk glimlachend naar de andere moeders die ik kende van school, in de hoop dat ze me niet zouden benaderen voor een kletspraatje. Ze wisten het. Allemaal. Het hele dorp. Het hele ziekenhuis. De hele school. Dat voelde ik, terwijl ik mezelf door de supermarkt ploeterde. Het was alsof ik naakt liep. De blikken, het minzame grijnzen, het gefluister. Zij is het. Weet je wel? Haar man, die lange donkere kerel, plastisch chirurg is hij, hem heb ik gezien in de stad. Hand in hand met een of ander beeldschoon wijf. Nou, ja, het verbaast me niks. Het moest er een keer van komen. Zo'n succesvolle, aantrekkelijke man, die altijd met schoonheid bezig is. Misschien had hij zijn eigen vrouw een keer onder handen moeten nemen.

Sardonisch gegrinnik. Haai Sophie! Alles goed? Met Wouter en de kids ook? Mooi zo. Heerlijk hè, dat weer. Straks lekker met een roseetje in de tuin. Nou, meid, geniet ze! Daag. Wel sneu, vind je niet? Welnee. Ze is er toch zelf bij? Zoiets zou jou toch nooit overkomen? Ik bedoel, ik zou het meteen doorhebben.

Wouter kwam thuis. Ik hoorde hem gierend remmen op het grindpad, gevolgd door zijn haastige stappen, waaruit ik concludeerde dat hij Daphne had gesproken. Mijn maag kromp ineen. Blijf overeind, fluisterde ik tegen mezelf. Hij rende de keuken in, pakte me bij de schouders en keek me woedend aan. Kennelijk had hij besloten dat aanval de beste verdediging was.

'Wat bezielt jou in hemelsnaam?' siste hij door zijn tanden. In zijn ogen zag ik paniek. Dat vond ik fijn.

'Je zo gestoord te gedragen waar de kinderen bij zijn!'

Ik wurmde me uit zijn greep en draaide mijn rug naar hem toe. Ik zei niets. Alles wat ik me had voorgenomen te zeggen, was uit mijn hoofd verdwenen nu hij hier stond. Mijn man.

Ik ging door met het schillen van de aardappels. Ik moest doorgaan met het schillen van de aardappels. Ik mocht geen seconde het contact tussen mes en aardappel verliezen. Het bloed stuwde naar mijn hoofd.

'Geef antwoord, Sophie!'

Ik gooide de geschilde aardappel in de pan water, pakte een nieuwe en zette het mes in zijn ruwe vel.

'Rome,' fluisterde ik.

'Wat? Waar heb je het over?'

'Weet je nog, Wouter?' Ik klemde mijn vingers nog steviger om het mes en sneed de aardappel door de helft.

Hij ging zitten aan de keukentafel en legde zijn hoofd in zijn handen.

'Onze huwelijksreis? Hoe gelukkig we toen waren?'

Hij schraapte zijn keel. 'Sophie, het is niet wat je denkt...'

'Het is wel wat ik denk. Het is precies wat ik denk.'

'Ik had je dit willen besparen...'

Ik dompelde mijn vingers in het koude water en legde ze daarna tegen mijn brandende ogen.

'Hou je van haar?' vroeg ik en mijn hart sloeg over van angst.

'Ik weet het niet. Ik weet het niet meer. Hoe het verder moet. Wat ik moet...'

Zijn stem klonk afgeknepen. Hij snifte en jammerde mijn naam. De zak begon als een klein kind te janken en ik wilde hem schoppen. Met mijn puntige laars zo in zijn kruis. Hem horen kermen van de pijn en dan gewoon doortrappen, tegen zijn gebruinde hoofd, mijn hak in zijn gespierde dij boren, zijn zorgvuldig gekamde haren uit zijn kop trekken. Hij hield van haar. Dat bleek uit zijn tranen. Ik kon me niet herinneren dat ik hem ooit eerder had zien huilen. Niet toen zijn moeder overleed. Niet toen onze Anna in het ziekenhuis lag met paratyfus. Niet toen het knobbeltje in mijn borst goedaardig bleek te zijn. Nooit. Wouter had zijn emoties altijd perfect onder controle gehad. Tot nu.

2

Toen ik hem voor het eerst ontmoette, was ik anders. In de eerste plaats was ik slank zonder dat ik daar enige moeite voor hoefde te doen. En ambitieus. Niet alleen in werk, maar ook in leven. Ik bruiste van energie, van zin in alles. En dat vond Wouter de coassistent zo aantrekkelijk aan mij. Ik was geen tut, ik was een meid die van aanpakken wist en van stoere sporten hield. Wat was ik mooi toen, hoewel me dat destijds niets interesseerde. Een gladde, gebruinde huid, een open, rimpelloos gezicht, glanzend blond haar, borsten die fier de wereld in keken. God, wat is het leven hard en gemeen en onrechtvaardig.

We aten met de meiden en wisten het op te brengen te informeren naar school. Wouter prakte zijn snijbonen door zijn aardappelen en gooide er een flinke plens jus overheen. Ik verbaasde me erover dat hij onder deze omstandigheden zoveel kon eten en vroeg me af of hij ook zo boers at bij Moos. Zelf kreeg ik geen hap door mijn keel. De meisjes kwetterden vrolijk voort, alsof ze wisten dat de tafelconversatie nu geheel van hen afhing, en ik knikte, ik glimlachte, ik schepte nog een keer op, ik sneed vlees en schilde appels voor het toetje, ik schraapte de vette resten van de borden, gaf ze aan de hond, ik zette de vuile vaat in de afwasmachine, nam het tafelkleed van tafel en schudde het buiten uit, ik haalde een doekje over het aanrecht en de kookplaat, ondertussen kauwend op de binnenkant van mijn wang totdat het bloed mijn mond in sijpelde. De meisjes gingen *Goede Tijden* kijken en Wouter bleef zitten, zwijgend en ineengedoken voor zich uit starend, zo nu en dan zijn glas bijschenkend met rode wijn. Ik haatte hem meer dan ooit, omdat hij zoals altijd het initiatief tot een gesprek aan mij overliet, omdat hij daar maar zat te zitten als een autist, een emotioneel gehandicapte, omdat hij mij niet hielp. Met trillende handen zette ik een ketel water op het vuur en bedacht ineens dat ik straks het kokende water uiterst kalm over zijn hoofd zou gieten.

'Wil je dat ik wegga?' vroeg hij.

Ik keek hem aan. Hij ontweek mijn blik.

'Nee,' antwoordde ik. 'Ik weet precies waar je dan heen gaat en dat gun ik je niet. Je blijft maar hier. In de puinhoop die je zelf hebt veroorzaakt.'

Hij nam een slok. 'Oké.'

Lafaard, dacht ik, walgelijke lafaard.

'Hoe lang is dit al aan de gang?' vroeg ik. Hij schraapte zijn keel.

'Doet het er wat toe?'

'Ja. Dat doet er alles toe.'

'Ongeveer een halfjaar.'

Een halfjaar, waarin hij op congres in Nice was geweest,

zijn moeder was overleden, we samen waren wezen kijken naar andere huizen, we nachtenlang hadden besproken of we voor een derde kind zouden gaan, hij zijn prikkelbaarheid en afwezigheid had verklaard als gevolg van te hard werken. Wat was ik een dom, dom, oerdom wezen.

'Jezus, Wouter! Hoe kun je me zo lang in een leugen laten geloven? Wat als ik zwanger was geweest? Al die gesprekken die we hadden over nog een kindje!'

'Jij wilde dat, Sophie. Ik niet. Maar je luisterde niet naar mij. Je dramde maar en je dramde maar. Jij probeert van mij een soort man te maken die ik niet ben. Niet meer.'

Ik snoof. Mijn bloed kookte.

'Wat voor soort man wil ik dan zogenaamd van jou maken?'

'Een gezapige huisvader, een sukkel, een klusjesman. Jij richt al je controlfreakerigheid op je gezinnetje, op je huisje, op je mannetje. Ik word daar gek van, echt. Ik wil ontsnappen. Weer wat voelen, verdomme. Nu we toch eerlijk zijn, Sophie, we leiden ons leven precies zoals jij dat wilt. Jij wilt kamperen, dus gaan we kamperen, al weet je dat ik daar een bloedhekel aan heb. Jij wilt een derde kind, dus komt er een derde kind, al weet je dat ik het niet wil. Jij wilt dat ik als coach iedere zaterdag om godbetert halfacht 's morgens met hockey meega, dus ga ik mee, al werk ik me de hele week te pletter. Jij wilt geen seks, tenzij je je vruchtbare dagen hebt, dus hebben we geen seks. Maar ik ben een man, Sophie, een kerel! Ik wil het heel af en toe leuk hebben! Jezus, ik ben veertig! Ik wil gewoon gek doen nu het nog kan! En zij begrijpt dat. Zij bewondert mij wel. Zij wil wel seks, en wat voor seks! Met haar kan het gewoon midden op de dag!'

Het water kookte. Ik pakte de theepot, hing er een zakje sterrenmix in en goot het hete water erop. Het bloed gonsde zo hevig tegen mijn slapen dat ik er duizelig van werd. Ik zag het voor me, hij en die hoer in bed, glaasje wijn erbij. En maar lachen. Om mij. Die trut die van kamperen houdt.

'Dus als ik het goed begrijp, is het mijn schuld dat jij een verhouding hebt.'

'Nee. Deels. Het is geen kwestie van schuld. Ik heb het zover laten komen, maar ook vanuit een ontzettende eenzaamheid.'

'En dit alles vertel je me nu pas. Nu het te laat is.'

'Ik heb vaak geprobeerd duidelijk te maken hoe ik me voel, maar jij walst altijd dwars over me heen.'

Goede Tijden was afgelopen. De meisjes stonden ons verontrust aan te staren vanuit de deuropening.

'Hebben jullie ruzie?'

'Nee, schatjes. Een discussie. Maar nu zijn papa en mama klaar.'

'Dus jullie hebben echt geen ruzie?'

'Nee liefjes, echt niet.'

'Laat zien dan. Geef papa een kus.'

Wouter en ik keken elkaar aan. Zijn ogen waren bloeddoorlopen. Hij glimlachte gepijnigd terwijl hij opstond en zijn armen spreidde. Ik boog me snel naar hem toe, kuste zijn gespannen lippen en trok me weer terug. Een knietje. Dat had ik hem moeten geven.

Ik wilde niet huilen waar hij bij was. Dus sloot ik me op in de badkamer. Terwijl het bad volliep, trok ik mijn kleren uit. Eerst mijn zwarte laarzen. Toen mijn bruine sokken. Ik trok het T-shirt over mijn hoofd en deed vervolgens mijn grauwe, knellende beha uit. Daarna stapte ik uit mijn spijkerbroek en mijn onderbroek die striemen op mijn buik had achtergelaten. Ik keek naar mezelf in de spiegel en de tranen liepen over mijn wangen. Dit was het lichaam dat ik jarenlang had genegeerd. Mijn lichaam. Het lichaam van een moeder. Van mijn moeder. Droge, witte huid. Een slappe buik, slappe billen, slappe armen. Treurig hangende borsten. Stoppelige oksels en onderbenen. Rimpelige knieën. Ik had het niet willen zien. Alles verstopt onder dikke lagen comfortabel zittende kleding.

Ik lijnde weleens, met wisselend succes, maar de kilo's kwamen steeds weer onverbiddelijk terug en daar legde ik me dan maar bij neer. Een eenzaam, verwaarloosd, boos lichaam waar niemand meer naar omkeek. Ik duwde mijn vuist in mijn maagstreek in de hoop dat ik de pijn kon wegdrukken die zich daar had opgehoopt. Beelden van Moos, wellustig draaiend op een spijlenbed, doemden op in mijn hoofd. Ronde, harde billen, een zacht welvend buikje. Romige, deinende borsten, harde tepels, haar schaamhaar een minuscuul streepje. Waarschijnlijk droeg zij de lingerie waar ik voor terugdeinsde als ik het in de Bijenkorf zag hangen: hoe mooi ik het ook vond, ik kocht het niet. Te duur en het zou Wouter maar op ideeën brengen.

Ik stapte in het hete bad en gooide er twee doppen babyolie in. Daar hield ik van. De geur van Zwitsal. Ik ging liggen. Het water reikte tot aan mijn kin. Ik sloot mijn ogen en rustte met mijn hoofd op de koude rand van het bad. Wat moest ik nu doen? Hoe moest ik nu verder? Ik wenste dat ik het mailtje nooit gevonden had. Zou het mogelijk zijn door te leven, te doen alsof er niets was gebeurd? Gewoon verdergaan, hopend dat Moos vanzelf weer uit zijn leven zou verdwijnen? Misschien moest ik haar dankbaar zijn. Tenslotte gaf zij hem wat hij van mij al jaren niet meer kreeg. Ja, dat zou hij wel willen. Mij als huissloof en kinderoppas, haar als minnares en vertrouweling. Zij al het goede, ik de kruimels. Ik streek met mijn handen over mijn buik en pakte de richel vet die zich tussen mijn navel en schaamstreek bevond. Ik trok eraan tot het pijn deed. Hierin hadden onze dochters gezeten. Deze buik had hij vol bewondering gestreeld. Nadat Daantje geboren was en ik mijn zorgen uitte over het vet en mijn slappe vel, had hij aangeboden dat als ik er echt onder leed, hij het wel weg kon halen. Ik had daarop gelachen en gezegd dat ik me er gewoon bij neer moest leggen, dat mijn leven als verleidelijke vrouw ten einde was. Ik was nu moeder en bovendien dertigplus. Waarom snijden in een gezond lijf? Hij kende me toch, hij hield toch van me om wie ik was, niet om hoe ik eruitzag? Ja, had hij gezegd, ja, voor mij ben je alleen maar mooier geworden sinds onze dochters er zijn.

Ik offerde mijn schoonheid op aan ons gezin en daarna mijn carrière. Ik wilde zelf voor mijn meisjes zorgen en ook Wouter vond het prettiger dat ik gewoon thuis was. Daarnaast zou mijn inkomen toch volledig op gaan aan kinderopvang en wat kreeg je ervoor terug? Alleen maar stress.

Het was beter als er rust en regelmaat in ons huis heersten.

Wouter klopte op de deur en fluisterde onzeker mijn naam. Hij vroeg of ik open wilde doen. 'Ga weg,' riep ik, 'flikker een eind op.'

Mijn keel klopte pijnlijk.

'Sophietje... Alsjeblieft. Ik weet niet meer wat ik moet doen... Laten we praten. Alsjeblieft.'

'Ga maar met die hoer praten!'

'Ze is geen hoer, Sophie, ik begrijp je boosheid, maar laten we alsjeblieft beschaafd blijven.'

Ik lachte schril en hard.

'Beschaafd? Jij hebt het over beschaafd?' Ik pakte een fles bodylotion en smeet die tegen de deur.

'Oké, Sophie. Als jij het zo wilt... Ik ben in mijn werkkamer. Ik maak daar wel een bed.'

Ik hoorde hem weglopen en daarna weer schoorvoetend terugkomen.

'En ik wil dat je weet dat het nooit mijn bedoeling is geweest... Ik wilde je geen pijn doen. Ik wil jullie niet kwijt. Het is voor mij ook moeilijk...'

'Rot op!'

Ik wenste dat Moos kon zien hoe hij als een laffe, bange hond voor de deur zat, smekend om vergeving. Moos. De bron van alle ellende. Zij was degene die nu pijn zou moeten hebben, niet ik. Waarom, waarvoor werd ik gestraft? Ik had niemand iets misdaan. Ik had geleefd zoals het hoorde, was altijd een lieve moeder, een goede huisvrouw en een begrijpende echtgenote geweest. Ik moest ermee ophouden de fout bij mezelf te zoeken. Hoe kon hij me dit aandoen? En zij. Een getrouwde man, vader van twee kinderen verleiden, ons gezin stukmaken. We hadden het zo goed. Saai, misschien, maar goed. Waar haalde die trut het lef vandaan?

Ik hees mezelf uit het bad. Even wankelde ik op mijn benen van duizeligheid. Op de gang was het inmiddels stil. Wouter was afgedropen.

3

Ik sliep niet die bittere, eenzame nacht. Gedachten aan hem en haar bleven rondmalen in mijn hoofd, hoe hard ik ook probeerde aan andere dingen te denken. Beelden van hen overspoelden me, ik verdronk erin, hoewel ik keer op keer tegen mezelf fluisterde dat ik me niet zo mocht laten gaan, dat het beter was met afstand en ratio naar de situatie te kijken. Wilde ik verder met Wouter, wilde hij verder met mij? Maar steeds kwam zij er weer tussen, die kut met haar sardonische schaterlach, haar parelwitte tanden, haar gulzige blik. Ik zag voor me hoe haar roodgelakte klauwen zijn gulp openmaakten, hoe ze haar sensuele mond opende om hem te kussen, hoe ze woest schuddend met haar lange blonde haren boven op hem zat. En naarmate de nacht vorderde, veranderde ze in mijn fantasie van minnares in moeder, liep ze hoogzwanger met mijn meisjes langs het strand, zag ik haar opgeruimd pannenkoeken bakken en spelletjes doen, nog steeds schaterlachend, terwijl ik ergens zat te verzuren op een flatje in een buitenwijk. Deze vrouw zou mij vervangen. Zij stond op het punt mijn leven over te nemen. Ze zou mijn meiden inpalmen, zoals ze

Wouter had ingepalmd, onze vrienden zouden haar na aanvankelijke reserves in hun harten sluiten en mij, de zeur, de verbitterde ex, uiteindelijk in de steek laten. En het derde kind, waar ik zo intens naar verlangde, zou zij hem schenken. Zonder dat ze kilo's aankwam. Dat was het leven dat mij te wachten stond. Ik kon vechten wat ik wilde, maar zo stonden de zaken ervoor.

De roodverlichte cijfers op onze wekkerradio gaven aan dat het halfvijf was. Ik had enorme behoefte aan een borrel, iets met veel alcohol, iets dat mijn gedachten lam zou leggen. En een sigaret, hoewel ik daar al eeuwen mee was gestopt. Wouter haatte roken. Ik wist dat er nog een vergeten pakje van Eva in de la lag. Ik trok mijn badjas en mijn slippers aan, en ging naar beneden. Ergens hoopte ik dat ik Wouter daar aan zou treffen. Dat ook hij niet zou kunnen slapen omdat hij zich zo verschrikkelijk eenzaam en verdrietig zou voelen. Ik sloop richting zijn werkkamer en stopte voor zijn deur. Ik hoorde niets. Voorzichtig duwde ik de deur open en hoorde zijn zachte gesnurk. De zak sliep gewoon, alsof er niets aan de hand was. Op mijn tenen trippelde ik naar binnen, totdat ik voor zijn bureau stond. Ik tilde wat papieren op, schoof wat post opzij, niet wetend wat ik wilde vinden of waar ik naar zocht, tot ik zijn agenda zag liggen en daarnaast zijn mobiel. Ik stopte het mobieltje in mijn zak en griste de agenda mee. Wouter kreunde wat, draaide zich om en sliep gewoon verder. Kennelijk had hij een slaappil genomen.

Ik schonk mezelf een whisky in, stak een Marlboro op en bladerde gehaast door zijn agenda, de pagina's vol afspraken, op zoek naar iets over Moos. Het enige dat me opviel, was dat hij bij sommige dagen een sterretje getekend had. Wat betekende dat? Had hij haar op die dagen gezien, gebeld, geneukt? Ik voelde de woede als een koude glibberige slang langs mijn ruggengraat omhoog komen. Ik zocht de dag op waarop hij naar Rome zou gaan.

'Rome, congres, hotel Sole al Pantheon, kamer 34' stond er geschreven. Hetzelfde hotel als waar wij onze huwelijksreis hadden doorgebracht, maar een andere kamer. Vermoedelijk met spijlenbed. Hij had zelfs niet eens het fatsoen of de fantasie om een ander hotel uit te zoeken. Ik vroeg me af of Moos wist dat hij daar ook met mij was geweest. Ik sloeg zijn adresboekje open bij de M en zag daar alleen maar mannennamen. Marcel, Martin, Michel, Maurice. Nergens ene Moos, of Monique. Waarschijnlijk had hij haar onder een andere naam in zijn adresboek staan. Of helemaal niet. Kende hij haar adres en telefoonnummer vanbuiten. Ik haalde zijn mobiel uit mijn zak en zag dat hij een bericht had ontvangen. Bevend opende ik het.

'Hoop dat je het een beetje redt. Denk aan je. Weet dat mijn deur voor je openstaat. 1000 kussen.'

Het bericht was vannacht om halfdrie verstuurd. Moos stond in zijn telefoon opgeslagen als Dhr. Kaldeman. Ik schreef haar mobiele nummer en haar thuisnummer met Daantjes roze gelpen op het pakje sigaretten. Daarna pakte ik de laptop uit de kast, klapte hem open, zette hem aan en klikte op het interneticoontje. Vervolgens gaf ik de virtuele telefoongids op het net de opdracht te zoeken naar ene M. Kaldeman in Amsterdam. Daar was er maar één van. De telefoonnummers kwamen overeen. Monique Kaldeman woonde in de Sarphatistraat, om de hoek van het ziekenhuis.

Ik had inmiddels vijf sigaretten gerookt. Mijn hart ging tekeer alsof ik zojuist de halve marathon had gelopen. Ik zocht nogmaals in Wouters mobiel naar andere berichten. Alles was zorgvuldig verwijderd. Opnieuw opende ik het bericht van Mo en staarde ernaar. Als vanzelf drukte ik op 'Opties'. Daarna op 'Antwoorden'.

'Morgen thuis? Moeten praten. Kussen terug.'

Ik twijfelde niet en verzond het berichtje meteen. Op antwoord hoefde ik niet lang te wachten. Blijkbaar lag ze met haar mobiel in bed.

'Werk hele dag thuis. Ik wacht op je, X, Jouw Moosje.'

4

Ik weigerde te spreken tegen Wouter aan het ontbijt. Zwijgend smeerde ik chocoladepasta op de bruine boterhammen van de kinderen, perste sinaasappels uit, zette thee, stopte pakjes drinken en gezonde koeken in hun rugtasjes, vlocht hun haren en strikte hun veters. Wouter zat al die tijd op het puntje van zijn stoel en staarde gepijnigd naar het huiselijke ritueel. Zo nu en dan probeerde hij mijn blik te vangen en als dat lukte verscheen er een verontschuldigende grimas op zijn gezicht. Ik wilde hem bespugen, maar ik wist me te beheersen.

Om acht uur stond hij zoals altijd op van tafel, trok zijn colbertje aan en gaf de meisjes een kus. Daarna ging hij aarzelend voor me staan. Waag het niet, dacht ik, waag het niet me te kussen.

'Nou, dan ga ik maar... Denk je dat je het redt vandaag?' Hij legde zijn hand tegen mijn wang.

'Ik red het altijd. Dus nu ook,' antwoordde ik afgemeten.

'Ik zal Rome maar afzeggen, vind je niet?'

Ik keek hem vernietigend aan. Ik vond het ongelofelijk dat hij het lef had mij dit soort vragen te stellen. De beslissing hierover bij mij te leggen, nota bene waar de kinderen bij waren.

'Je moet doen wat je niet laten kan, Wouter. Het is nu toch te laat.'

'Nee, ik zeg het af. Ik blijf bij jullie. Ik wil vechten voor ons gezin...'

'Dat had je misschien iets eerder moeten bedenken.'

'Je hebt gelijk, lieverd. Dat realiseer ik me nu ook. Het spijt me zo...'

Anna trok aan mijn rok.

'Gaan we nou? Ik wil nog spelen op het schoolplein...'

'Ja, schatje, we gaan. Zeg maar: dag papa...'

'Dag papa!'

'Sophie? Zullen we vanavond ergens heen gaan? Met zijn tweeën? Om eens goed te praten?'

Ik haalde mijn schouders op.

'Misschien ben ik wel weg.'

'Ik weet nog iets beters: ga jij anders met me mee naar Rome!'

Toen gebeurde het toch nog. Mijn woede nam het over. Ik haalde uit met mijn been, het voelde als slow motion, en schopte hem met de punt van mijn laars tegen zijn scheenbeen. Kermend greep hij naar zijn been. Daarna strekte ik mijn armen uit naar mijn meisjes, die met hun klamme handjes de mijne grepen, en vertrok.

Het was druk in de Sarphatistraat. Studenten fietsten roekeloos af en aan, tientallen mensen stonden verveeld voor zich uit starend te wachten bij de tramhalte, honden werden uitgelaten, moeders brachten hun kind gehaast naar de crèche, joggers renden in trance aan mijn auto voorbij. Toen ik eenmaal een parkeerplaats had gevonden, schuin tegenover het statige witte pand waarin Moos haar appartement had, zonk ineens de moed me in de schoenen. Ik wist niet meer waarom ik dit deed, of ik haar wel wilde zien, laat staan spreken. Misschien was het beter dat mijn vijand onzichtbaar bleef. Ik pakte een sigaret, stak die op, draaide mijn raampje open en leunde achterover. Ik kon nog terug. Naar huis rijden, een was in de machine gooien, mijn rozen snoeien en wat onkruid uit de perken trekken. Even liggen in het zonnetje, ik was er moe genoeg voor. Ik zou kunnen proberen hier niet zo'n groot probleem van te maken. In hoeveel huwelijken gebeurde het niet, dat een van de twee een keertje vreemdging? Ik wist van drie bevriende stellen in wier huwelijk zoiets was gebeurd en ze waren allemaal nog bij elkaar. Was het niet beter om af te wachten, mezelf open te stellen voor Wouter, te proberen hem te begrijpen? Wat had deze meid in feite met ons huwelijk te maken? Helemaal niks. Zij gaf Wouter wat ik hem nooit meer kon geven en misschien moest ik haar juist wel dankbaar zijn.

Net toen ik concludeerde dat de intense woede die me beheerste vanaf het moment dat ik haar mailtje vond meer tegen mezelf gericht was dan tegen haar, toen ik besloot mijn energie hier niet langer aan te verspillen, maar aan mijn eigen wederopstanding – ik zou weer gaan werken, afvallen, weer een persoon worden die meedraaide in deze maatschappij, ik wilde weer iemand zijn die meetelde – zag ik ineens Wouter haastig langslopen, zijn gezicht verstopt achter zijn zwarte zonnebril. Hij stak rennend over. Hij haalde een sleutel uit zijn zak. Opende de grote, donkergroene deur en verdween daarachter. Een sleutel. De klootzak had een sleutel. Hij leidde verdomme twee levens. Dit was geen slippertje meer, dit was een serieuze verhouding. Als een bonkende vuist beukte de woede tegen mijn buikwand en het was op dat moment dat ik besloot niet terug te rijden, maar te wachten tot die leugenachtige verrader weer naar buiten zou komen. De tuin, de was, mijn leven zoals ik dat tot dan toe had geleid, konden me gestolen worden.

Zijn bezoek aan Moos duurde precies anderhalf uur. Anderhalf uur waarin ik uit pure wanhoop zeven sigaretten rookte. Ik zat in mijn auto als een neurotisch wrak, maar het interesseerde me niets. Mijn man zat daarboven. Bij een andere vrouw. Van wier huis hij een sleutel bezat. Was hij het aan het uitmaken? Lagen ze te vrijen als bezetenen? Huilde hij? Huilde zij? Klampten ze zich radeloos aan elkaar vast, uitroepend dat ze geen afscheid wilden nemen, dat ze immers niemand kwaad deden, zich afvragend waarom hun liefde zo onmogelijk was? Werden er daarboven beslissingen genomen die ook mijn leven betroffen? Gek werd ik van mijn eigen gedachten.

Toen hij weer naar buiten kwam, keek hij eerst schichtig om zich heen, vervolgens op zijn horloge en zette het daarna op een hollen richting het ziekenhuis, naar de wachtkamer vol patiënten. Hij wrong zich kennelijk in onmogelijke bochten om haar te kunnen zien. Voor mij en de meiden kon hij nooit een uur vrij maken. Niet voor het afzwemmen, niet voor onze verjaardagen, niet toen ik op bed lag met een zware keelontsteking.

Met een trillende vinger drukte ik op de bel onder het bordje M. Kaldeman. Ik wist niet wat ik tegen haar ging zeggen. Ik wilde alleen maar weten hoe ze eruitzag. Als ik dat wist, wist ik ook meteen of ik nog een kans maakte of niet. De speaker begon te kraken. 'Ja?' hoorde ik een vriendelijke, verkouden klinkende vrouwenstem zeggen.

'Ik ben de vrouw van Wouter,' stamelde ik en ik haatte mezelf onmiddellijk omdat het zo zielig klonk. Er volgde een lange stilte. Ik drukte nogmaals op de bel. De deur bleef dicht. Ik werd steeds kwader. Het minste dat ze kon doen, was mij te woord staan. Als ze het lef had mijn vent af te pikken, moest ze dat ook maar recht in mijn gezicht durven zeggen. Ik perste mijn vinger driftig tegen de bel en liet niet meer los. Al duurde het eeuwen, ik zou hier blijven staan, net zo lang tot madame wel naar buiten moest komen. Uiteindelijk klonk er een harde zoem en de deur sprong open.

Nummer 147c. Ik liep de wit gestuukte, muf ruikende gang in, richting de brede houten trap. Mijn knieën werden slapper en slapper.

Het eerste dat me opviel toen ze haar deur opende, was niet haar gezwollen, behuilde gezicht, noch het feit dat ze een ochtendjas droeg, maar haar buik. Onder de ceintuur van haar zalmroze badjas zat een klein maar stevig bolletje. Ik schatte haar vier, vijf maanden zwanger. Ze zag me kijken, en sloeg beschermend haar handen om haar buik.

'Jezus,' stamelde ik.

5

'Let niet op de troep,' zei ze zachtjes, terwijl ze me voorging. Ik liep als verdoofd achter haar aan, door de pastelblauw geschilderde gang die vol hing met kleine, klassieke schilderijen, etsen, foto's en Afrikaanse maskers. Ik lette juist wel op troep, ik wilde troep, ik speurde naar stof, rommelige hoekjes, zocht naarstig naar bewijs dat deze vrouw, deze tere blonde verschijning, geheel niet geschikt was voor Wouter, maar ik zag alleen maar perfectie. Deze Moos woonde in een museum vol designmeubelen en kunst, waar ik doorheen liep als een boerin uit de provincie. Ik wilde het liefst wegrennen, in mijn auto springen, verdwijnen voor altijd. Ze was mooier dan ik me had voorgesteld. Deze Moos was geen del in rode lingerie, geen jonge seksbom aan wie Wouter geen weerstand had kunnen bieden, maar een frêle, klassieke schoonheid van ruim in de dertig. En zwanger.

Ze vroeg me plaats te nemen op de chesterfield. Het leer kraakte. Ze vroeg of ik koffie wilde, of thee, en ik antwoordde dat ik wilde wat zij nam, dat het me niet uitmaakte, terwijl het me wel uitmaakte, ik wilde drank, sterkedrank om de hopeloosheid die zich van me meester maakte te dempen. 'Groene thee,' zei ze en ze schreed de enorme woonkamer uit. Met de afstandsbediening van de stereo wees ze op de kleine witte boxen aan het plafond. De vioolsonates van Bach sijpelden de kamer in. Dit deed ze om mij te pesten. Wouter hield van Bach. Waarschijnlijk hadden ze net gevreeën op deze muziek. Ik stak een sigaret op en schudde mijn hoofd, in de hoop dat de beelden van haar en Wouter, verstrengeld in elkaars armen in deze kamer, onder deze kroonluchter, op deze bank, zouden verdwijnen.

Moos kwam terug, met de thee en twee kopjes. Ze zette het dienblad op de glazen salontafel en ging behoedzaam tegenover me zitten. Zwijgend schonk ze de thee in. Haar handen trilden niet. Ze gaf me mijn kopje, waarbij haar badjas iets openviel en ik uitzicht had op haar benen, die lang zo slank niet waren als ik had gedacht. Ze had zelfs putjes aan de binnenkant van haar dijen, constateerde ik triomfantelijk. Niet dat het wat uitmaakte. Wouter hield van haar. Daarvan was ik overtuigd vanaf het moment dat ik haar in de ogen keek. Hun liefde was meer dan fysiek en dat maakte het allemaal zoveel erger.

'Is het van hem?' vroeg ik.

'Ja,' zei ze schor. 'Het spijt me.'

'Wat spijt je? Dat het van hem is?'

'Nee. Dat je er op deze manier achter moest komen.'

Ze nipte van haar thee en keek me verontschuldigend aan. Haar ogen waren grijs en haar oogleden hingen iets over haar wimpers. Op dat soort dingen ga je letten als vrouw van een plastisch chirurg.

'Ja, dat spijt mij ook. Het is een hele schok, kan ik je vertellen.'

'Dat kan ik me voorstellen.'

'Nee, ik denk niet dat je het je voor kunt stellen. Dat kun je pas over tien jaar, als je twee kinderen hebt gebaard, je baan voor hem hebt opgegeven en er dan achter komt dat je al jaren een leugen leeft. Dat je, terwijl jij dacht dat je gelukkig was, dat je alles goed voor elkaar had, gewoon in de maling genomen wordt. Die tijd komt nog wel hoor, en dan pas kun jij het je voorstellen.'

'Misschien. Maar in ieder geval is het nooit mijn bedoeling geweest om jou pijn te doen. Ik ken je niet eens.'

'Ik denk dat jij mij beter kent dan ik jou.'

Ik zette mijn kopje op tafel. Ik had nog geen slok genomen. Ik kon het niet. Ik kon niet drinken uit haar gifbeker. Een kegel as viel van mijn sigaret op haar witte, harige karpet. Ze haastte zich naar de keuken om een asbak te halen. Ik wreef met de punt van mijn laars de as in het karpet tot een grote, grijze vlek.

'Wat wil je van me?' vroeg ze lichtelijk geïrriteerd toen ze de asbak voor mijn neus zette. 'Kun je niet beter met Wouter praten?'

'Nee, want hij liegt alleen maar. Ik wilde jou zien. Ik wilde mijn vijand in de ogen kijken.'

'Ik ben jouw vijand niet, Sophie. Volgens mij moeten we elkaar niet zo bekijken.'

Het deed pijn mijn naam zo uit haar mond te horen.

'En hoe moeten we elkaar dan bekijken?'

'Als twee vrouwen die toevallig van dezelfde man houden. En ik denk dat als de eerste woede gezakt is bij jou, dat we misschien het beste kunnen zoeken naar een oplossing, met elkaar. Dat heb ik net ook tegen Wout gezegd.'

Wout. De manier waarop ze dat uitsprak. Ze deed het expres. Haar Wout. Hij was mijn man, al twaalf jaar, en daarvoor was hij vijf jaar mijn vriend geweest. Hij zou nooit, maar dan ook nooit haar Wout worden.

'Sorry? Een oplossing met elkaar? Wat denk je wel niet? Er is maar één oplossing mogelijk. Jij trekt je terug uit mijn gezin. Je blijft verder met je klauwen van mijn Wouter af! Dat is de oplossing! En anders maak ik zijn leven tot een hel, en het jouwe ook!'

Ze tuitte haar lippen en glimlachte daarna alsof ze Mona Lisa zelve was.

'Vind je dat dit zin heeft? Dreigen? Emotioneel chanteren? Is het niet beter voor alle partijen om hier zo beschaafd mogelijk mee om te gaan?'

Ik pakte een nieuwe sigaret uit mijn pakje en stak die aan. Ik wilde niet trillen. Ik wilde net zo beheerst, zo vol zelfvertrouwen zijn als zij. Ik haatte haar zoals ik nog nooit van mijn leven iemand had gehaat, de woede kreeg grip op al mijn spieren en het kostte me kracht om mezelf te beheersen. Daarom beefden mijn handen zo.

'Oké,' zei ik ingehouden. 'Beschaafd. Vind jij het beschaafd om de man van een ander, de vader van mijn kinderen, van mij af te troggelen?'

'Nee,' antwoordde ze. 'Dat is niet netjes. Maar soms gaan

de dingen zo. Het is ons overkomen. We waren er allebei niet op uit, maar de liefde overviel ons.'

'Pardon?'

Mijn ogen werden nat. Ik knipperde.

'In Zürich. Vorig jaar. Ik was daar voor een kunstveiling, ik beheer en verzamel de kunstcollectie voor een grote bank, en hij was op congres. Aan de bar van het hotel raakten we aan de praat en de vonk sprong vrijwel direct over. Ik heb geprobeerd afstand van hem te houden, geprobeerd hem uit mijn leven te bannen, maar hoe vaak maak je zoiets mee in je leven? Voor mij was het in ieder geval de eerste keer. Sommige mensen vinden dit geluk nooit. Toen ik erachter kwam dat hij mijn gedachten en gevoelens bleef beheersen, besloot ik ervoor te gaan. Tenslotte had hij mij ook verteld dat hij niet bepaald gelukkig was in zijn huwelijk.'

Deze vrouw schepte er duidelijk genoegen in mij pijn te doen. Ik inhaleerde diep en blies een wolk rook recht in haar gezicht. Ze gaf geen krimp.

'Dan weet jij meer dan ik. Ik heb nog nooit de indruk gehad dat hij ongelukkig is.'

'Tja, daar kan ik niets aan doen. Tegen mij vertelde hij dat hij zich erg geknecht voelde thuis. Maar of hij gelukkig met jou was of niet, dat doet er niet meer toe. Waar het nu om gaat, is hoe we de toekomst in gaan. Je kunt mij niet meer uit zijn leven bannen. Ik draag zijn zoon.'

Ik weet nog dat ik vroeg om iets sterkers. Ze zei dat ze nog een fles calvados had staan. Graag, had ik geantwoord. Een zoon. Deze vrouw ging verdomme zijn zoon baren.

Zijn derde kind. Het kind dat hij met mij niet wilde. Ik dacht aan zijn woorden, gisteravond, dat hij wilde vechten voor zijn gezin, dat het nog niet te laat was. Allemaal leugens. Vaag herinner ik me nog dat ik naar een tafel vol ingelijste foto's liep, die ik een voor een bekeek. Tot ik de foto van Wouter zag. Ik had hem genomen, op vakantie in Toscane. Wouter, net uit zee gekomen, bruinverbrand, zijn haren nat en nonchalant achterover, verliefd glimlachend. Naar mij. Want ik ben zwanger van ons tweede kind. Naast mij, op het strandbed, ligt onze Anna van twee heerlijk te slapen. Dat zie je niet op de foto. Maar ik weet het nog als de dag van gisteren. Dat was ons leven. Een mooi leven. Een rijk leven. Uitgerekend deze foto had hij aan haar gegeven.

Een vuurbal raasde door mijn hoofd, tot alles zwart werd, dat is denk ik de beste omschrijving. Ik herinner me alleen de geluiden. Haar verbaasde kreetje. Het glasgerinkel. De dreun die daarop volgde. Tramgerinkel. Het zwaarmoedige gejengel van de viool. Mijn eigen gesnuif. Het kraken van haar Bang & Olufsen. En daarna de doodse stilte.

6

Ik weet niet hoe lang ik zachtjes wiegend op haar bed heb gezeten. Ik weet alleen nog dat ik me ineens met een schok realiseerde waar ik was. In de slaapkamer van de minnares van mijn man. Grijze, linnen gordijnen die opbolden. De gekruide geur van een zwaar parfum. Een gebarricadeerde deur. Had ik die kaptafel verschoven, en die stoel daarbovenop gezet? Ik wist het niet meer. Ik wist alleen dat er iets vreselijks was gebeurd. De migraine bonkte in mijn hoofd, zo hevig dat ik er misselijk van was en geen licht kon verdragen. Misschien waren daarom de gordijnen dicht. Ik stond op omdat ik moest spugen en ik dat niet op haar bed wilde doen. Hoewel dat natuurlijk wel een goed idee was. Ik strompelde naar de badkamer en wist ternauwernood het toilet te bereiken.

Nadat ik had overgegeven, was de ergste hoofdpijn verdwenen. Ik maakte haar toilet grondig schoon met de wc-borstel en wc-papier en dronk wat water, waarna ik terugliep naar de slaapkamer. Een vreemd, paniekerig gevoel overviel me. Ik moest hier weg. Weg uit dit huis, weg bij die vrouw. Helemaal weg. Ook uit het leven van Wouter. Frankrijk, Frankrijk dreunde het door mijn hersenen. Ik ga naar Frankrijk, met de meiden. Gewoon verhuizen. Ik pakte de stoel van de kaptafel en zag wat de scherpe parfumlucht veroorzaakte. Haar fles Chanel was gebroken. Ik schoof de kaptafel terug tegen de muur en verbaasde me er even over hoeveel smeersels Moos bezat. Toen opende ik de deur en stapte haar woonkamer binnen. Ik zag haar meteen liggen, tussen de grote scherven van wat pasgeleden nog haar salontafel was. Ze lag doodstil met haar gezicht in het harige karpet dat volgelopen was met haar bloed. Ik gilde niet. Ik hapte naar adem. Ik mocht nu niet in paniek raken. Onder geen beding.

Ik trok haar slappe arm onder haar buik vandaan en voelde haar pols. Haar hart klopte niet meer. De klok stond op kwart over twee. Over een uur kwamen de meisjes uit school. Er was geen tijd om na te denken. Voorzichtig pakte ik de theekopjes en de asbak, zette ze op het dienblad en bracht het naar de keuken. Daar stopte ik de peuken in mijn broekzak en spoelde ik alles met wat afwasmiddel en heet water af onder de kraan. Met mijn mouw over mijn vingers getrokken zocht ik in haar kasten naar een theedoek. Ik wreef de kopjes en de asbak droog, zette ze weer keurig in de kast en rende naar de slaapkamer. Wat had ik aangeraakt? De deur. De kaptafel. De stoel. De deur van de badkamer. De wc. De wastafel. De gordijnen. Het bed. Haar. Had ik haar aangeraakt? Voor zover ik wist niet. En toch lag ze daar. Dood. Dat kon ik niet gedaan hebben. Het was onmogelijk. Er moest een ongeluk gebeurd zijn. Maar dat zou niemand geloven. Tenzij ik al mijn sporen uitwiste. De bank. Waar was mijn aansteker? Ik hijgde. De wc-borstel. Weer terug. Ik poetste alles driftig en probeerde haar niet te zien. De tafel vol foto's. Ik werd bang. Ik pakte de foto van Wouter en het begon weer te kloppen achter mijn ogen. Deze foto had ik in mijn handen toen het explodeerde in mijn hoofd. Het zweet brak me uit. Ik haalde de theedoek langs het zilveren lijstje, over het glas en zette hem voorzichtig terug. De bel, ik mocht de bel niet vergeten. Beneden en boven. Ik keek niet naar haar toen ik de deur voorzichtig achter me sloot, met de theedoek nog steeds om mijn hand, nadat ik mezelf er eerst van verzekerd had dat er niemand op de gang liep. Ik wreef over de bel en sloop weg, richting de trap. Terwijl ik naar beneden ging, haalde ik de doek langs de trapleuning. Ik kwam niemand tegen.

In de auto begon ik zo hevig te trillen dat ik moest stoppen langs de kant van de weg om mezelf weer enigszins onder controle te krijgen. Mijn god, wat had ik gedaan? De omvang ervan begon nu pas tot me door te dringen. Misschien had ik haar wel vermoord. Ik wist niet precies wat er was gebeurd in dat kwartier dat ik me niet meer kon herinneren, maar waarschijnlijk had ik haar een duw gegeven. Of ze was gevallen. Ik was boos op haar geworden, omdat uitgerekend die foto van hem op haar dressoir stond, ik had haar laten schrikken en daardoor was ze gestruikeld. Een ongelukkige val, dwars door de salontafel, met haar hoofd op het stalen onderstel. Maar had ik haar kunnen redden?

Had ik haar gewoon dood laten bloeden? Shit, waarom wist ik het niet meer? Bevend haalde ik het pakje sigaretten uit mijn tas en stak er een op. Ik kon nog besluiten het goede te doen. De politie te bellen en ze vertellen dat ik per ongeluk de zwangere minnares van mijn man ten val had gebracht.

Wat een puinhoop. Ik pakte mijn mobiel en vroeg me af welk nummer ik zou moeten bellen. 112 waarschijnlijk. Ik toetste twee keer de één in. Nam een hijs. Net toen ik de twee in wilde drukken, ging mijn mobiel over. Het was Wouter. Ik nam op en probeerde mijn stem zo beheerst mogelijk te laten klinken.

'Sophie, lieverd, hoe gaat het nu met je?' vroeg hij.

Hij klonk gemaakt bezorgd.

'Ik heb je al eerder geprobeerd te bereiken, maar je nam niet op. Ik maakte me ongerust...'

'Ik heb het niet gehoord,' antwoordde ik.

'Waar ben je?'

'Op weg naar school.'

'Ik bedoel eigenlijk, waar ben je geweest?'

'Gewoon, de stad in, een beetje gewandeld, nagedacht...'

'Oké. Zeg, Sophie, luister, ik wilde je alleen maar even zeggen dat je je geen zorgen meer hoeft te maken. Ik heb de kwestie opgelost.'

'De kwestie?'

'Ja. Ik heb vanochtend met, eeeh, haar gesproken en haar gezegd dat het voorbij is. Dat ik voor jou kies. Ik hou van jou. Ik wil bij jou en de meisjes blijven. Dat is me heel,

heel duidelijk geworden vannacht. En als jij me kunt vergeven, dan komen we er wel.'

Het suisde in mijn oren. Hij loog weer. Wat wilde die zak? Er twee vrouwen, twee gezinnen op na houden? Dacht hij dat ik zo oerstom was?

'En wat als ik het je niet kan vergeven?'

'De tijd zal het leren. Dat is wat we nodig hebben. Heel veel tijd. Je bent nu nog te emotioneel om dit te overzien. Ik ben om zes uur thuis, oké? Dan praten we verder.'

We hingen op. Ik gaf gas en draaide de weg weer op. De meisjes, daar ging het om. Dat hun leven zo normaal als mogelijk door zou gaan. Alleen ik kon daarvoor zorgen.

7

Het rook naar aarde en bloemen in Intratuin. Daantje en Anna renden uitgelaten naar het speelparadijs, nadat ik hun had verteld dat ik bij de klantenservice was, naast de uitgang, om te vragen of iemand mijn portemonnee soms had gevonden. Ik pakte een karretje en reed naar de kassa's. 'Bon vergeten,' mompelde ik glimlachend tegen de caissières, terwijl ik alle achtergelaten bonnen oppakte en vluchtig las, totdat ik de juiste gevonden had. Drie kisten violen, twee hortensia's en een zak buxusaarde. Dat had ik kunnen kopen. Afgerekend om twaalf uur. Ik had niet veel tijd. Ik haastte me langs de tuinplanten, tilde drie kisten violen, de zak buxusaarde en de twee hortensia's op mijn kar en spurtte weer richting de kassa's.

'Ik neem deze ook nog maar even mee,' zei ik en de caissière lachte om mij.

'Ja, hier rondlopen kost altijd geld.' Ik knikte en rekende contant af. De meisjes hadden het nog steeds naar hun zin op de schommels.

Ik reed mijn volle kar naar mijn auto, laadde de bloemen en de aarde in mijn achterbak en rende terug om te vragen naar mijn portemonnee, die uiteraard niet gevonden was. Het ging erom dat ze mijn naam en telefoonnummer opschreven. Dat ze zich mij herinnerden, mocht dat nodig zijn. Ik zorgde er wel voor dat ik uit het zicht van de vriendelijke caissière bleef. Zij moest mij juist zo snel mogelijk vergeten.

Het viel niet mee de meisjes uit het speelparadijs te krijgen. Alleen nadat ik ze een ijsje had beloofd, wilden ze mee. Anna vroeg of ze mijn portemonnee hadden gevonden.
'Helaas niet,' antwoordde ik.

'Maar hoe kun je dan ijsjes voor ons kopen?' riepen ze verongelijkt.

'Gut ja, daar heb ik helemaal nog niet aan gedacht! Laten we nog een keer goed zoeken. In de auto. Wie hem vindt krijgt twee bolletjes!'

Ze doken onder de bank, voelden met hun tengere armpjes onder de stoelen. Daantje voelde hem als eerste, waarop ze onmiddellijk ruzie kregen.

'We hebben hem, we hebben hem, mam, ik had hem het eerste!' gilden ze. Ik beloofde ze allebei twee bolletjes en ondertussen repeteerde ik in mijn hoofd het verhaal. Voor het geval dat.

Thuis trok ik mijn oude spijkerbroek, mijn grijze sweater en mijn gympen aan. Ik gooide de kleren die ik aan had gehad in de was, wetende dat ik ze nooit meer aan zou kunnen trekken. Met een washandje maakte ik de zolen van mijn laarzen schoon. Ik waste mijn handen wel honderd keer.

Zoog mijn auto uit met de kruimeldief. Daphne belde en vroeg of het met me ging. Ik bood mijn verontschuldigingen aan voor mijn woede-uitbarsting. Zij zei dat ze het wel begreep. Ik vertelde haar dat Wouter smekend voor de badkamerdeur had gelegen. Dat hij het uit had gemaakt met die hoer en dat ik geloofde dat we nog wel een kans hadden. Zij antwoordde blij te zijn dat ik mezelf hervonden had.

'Je zult zien,' zei ze, 'dat jullie relatie er uiteindelijk alleen maar sterker door wordt.'

'Misschien,' mompelde ik, 'misschien.'

Ik hing op en maakte het middelvingergebaar richting de telefoon. Daarna stortte ik me op de terracotta potten in de tuin. Gooide de oude, ingedroogde aarde eruit, schepte er diepzwarte, verse aarde in, duwde de tere viooltjes vast. Pot na pot, tot mijn onderrug brandde van de pijn. Ik moest doorgaan, met mijn vingers in de aarde wroeten, zevenblad en speenkruid met wortel en al uit de perken rukken, ik moest mezelf bezighouden tot ze kwamen.

Mijn hart begon te bonzen bij iedere auto die ons huis passeerde. Ik knipte de buxus bij. Strooide slakkenkorrels rond de hosta's, bond de clematis op en zette de teakhouten bank in de olie. De meisjes vierden een poppenverjaardag in hun tuinhuisje. Ik bracht ze thee en koekjes. Ik dacht aan het kind, aan Wouters zoon, die nooit geboren zou worden. Dat moest ik niet doen. Ik moest haar en de baby uit mijn hoofd zien te bannen. Ze bestonden niet meer. Het was nooit mijn bedoeling geweest, maar nu het eenmaal zover was... was het beter.

Maar zij was ook iemands dochter, iemands zus, iemands moeder misschien. Hoewel ik me dat niet kon voorstellen. Een vrouw als zij was als onkruid. Ik had mijn gezin een dienst bewezen. En dat was mijn taak als moeder. Mijn gezin, voor zover ik dat kon, te beschermen.

Ik hoorde Wouters auto het grindpad op rijden. Ik duwde het oude mes tussen de klinkers van het terras en sneed het onkruid los. Hij rende de trap op. Ik trok aan de groene sprietjes, gooide ze in de gevlochten mand. Het hield nooit op. Het gras bleef komen. Al tien jaar lang deed ik dit, van maart tot eind september, om de paar weken. Niets hielp. Altijd die steeds weer terugkerende klussen. De zinloosheid ervan. Wouter kwam weer naar beneden. Ik hoorde zijn voetstappen over het parket. 'Zo,' zei hij, 'jij bent lekker bezig...'

Het mes schraapte langs de klinkers. Ik kreeg kippenvel. Zijn haren waren nat. Hij zag bleek. Hij was doodmoe, dat kon ik zien. Zwarte kringen onder zijn ogen. We kusten niet, al jaren niet meer, maar ineens viel het me op, dat dit eigenlijk vreemd was. Was dat niet het beeld dat ik vroeger had van getrouwd zijn? Dat je elkaar na zo'n lange dag een zoen gaf? Dat je blij was elkaar weer te zien? Wouter keek me alleen maar vreemd aan, alsof hij elk moment in tranen uit kon barsten. Hij kwam naast me zitten, op het terras, en begon ook aan de sprietjes te trekken.

'Wat moeten we nu, Soot?' stamelde hij.

'Hoe bedoel je?' vroeg ik en ik zocht zijn blik. Hij wendde zijn hoofd af. Ik hoorde hem nu aan te raken. Mijn hand op zijn rug te leggen. Maar ik kon het niet.

'Ik heb er zo'n zootje van gemaakt. Het is zo erg... ik weet niet wat ik moet doen, ik wou dat iemand het me kon vertellen. Ik ben... radeloos, Sophie!'

Hij keek me aan en ik zag dat zijn oogleden rood en gezwollen waren. Hij was bij haar langs geweest na zijn werk.

'Wat wil je dat ik zeg of doe, Wouter? Jij bent vreemdgegaan, ik niet. Ik ben bedrogen, ik ben degene die hier zou moeten zitten janken.'

8

De politie kwam om kwart over zeven. We zaten net aan tafel in de tuin. Ik schepte spaghetti op de borden. Wouter zat erbij alsof hij een zware kater had. De meisjes kletsten over de juf, wier been in het gips zat na een skeelerongeluk. Of papa haar niet kon opereren, zodat ze snel weer terug in de klas kwam. Hun mond viel open toen de wit met blauw en oranje Golf voor ons tuinhek stopte en er twee agenten uitstapten. De voorste breedgeschouderd, de tweede een kleine, mollige vrouw. Het tuinhekje piepte. Wij zwegen bedrukt.

'Goedenavond. Eet smakelijk,' baste de agent. Hij stak zijn hand uit, stelde zichzelf voor als Sven Zomers. De naam van zijn vrouwelijke collega ontschoot me onmiddellijk. De meisjes lepelden hun spaghetti naar binnen, onderwijl met grote ogen naar de agenten kijkend, die zich excuseerden voor het storen tijdens het eten, maar zij waren bezig met het onderzoek naar de dood van ene Monique Kaldeman en ze hadden reden om aan te nemen dat de heer Wouter Verbeek bekend met haar was. Ik keek Wouter vragend aan. Het laatste restje bloed leek uit zijn gezicht te zijn verdwenen. Hij keek verdrietig terug. Ik troonde de meisjes mee naar binnen, waar ze voor het eerst in hun leven voor de televisie mochten eten, en liep daarna naar de keuken om koffie te zetten.

Ik deed zes scheppen in de koffiefilter en water voor acht kopjes in het reservoir. Drukte op het rode knopje. Zocht in alle kastjes naar het kleine potje Valdispert dat ergens moest staan, dat wist ik zeker. Het water begon te pruttelen. De geur van verse koffie steeg op. Ik vond de Valdispert achter de fles olijfolie. Vier tabletjes sloeg ik achterover met een groot glas water.

'Kan ik u ergens mee helpen?' klonk het achter me en ik schrok zo hevig dat ik me verslikte. De agente klopte op mijn rug. Ik voelde hoe rode vlekken zich in mijn nek en over mijn wangen verspreidden. Ik mocht het niet verpesten. Ik moest aan de meiden denken. De meiden, de meiden en aan niets anders.

'Het gaat wel, hoor,' mompelde ik nadat het ergste hoesten over was. Ik zette de kopjes op het dienblad.

'Mag ik u misschien ook wat vragen?'

'Natuurlijk,' antwoordde ik zo vriendelijk mogelijk. Het lukte me zelfs te glimlachen. Ik goot wat koffiemelk in het zilveren kannetje.

'Kent u Monique Kaldeman?'

Ik kon het niet ontkennen. Zowel Wouter als Daphne zou kunnen getuigen dat ik op de hoogte was van haar bestaan.

'Als zij ook wel Moos genoemd wordt, ja, dan ken ik haar.'

Ik trok het keukenkastje boven het aanrecht open en greep naar de Café Noirs. Scheurde de verpakking open en legde de bruine koekjes op een schaaltje.

'En waarvan kent u haar?'

'Zij heeft een verhouding met mijn man.'

'Hebt u haar ooit ontmoet?'

'Nee.' Ik zette het bakje met suikerklontjes en de kan met koffie op het dienblad, tilde het op en liep ermee door de kamer naar de tuin. Wouter zat met zijn armen over elkaar geslagen tegenover de agent.

'Zo. Hier zullen jullie wel aan toe zijn,' zei ik opgewekt, terwijl ik het dienblad op tafel zette. Ik schonk de koffie in de kopjes, vroeg of Sven melk en suiker wilde en deelde de kopjes uit. Mijn handen trilden niet meer.

'Mijn vrouw is op de hoogte,' zei Wouter schor en hij pakte mijn hand. De zijne was nat en beverig. Hij zocht mijn blik en schraapte zijn keel. 'Lieverd, ze hebben Moos twee uur geleden gevonden. Ze is gevallen. In haar huis. Ze vermoeden...' zijn stem haperde, 'dat ze er al een middag lag...'

'Jezus!' Ik sperde mijn ogen open. Beet op mijn lip. Sloeg mijn hand voor mijn mond. 'Is ze dood?'

Hij knikte. Een vreemd hoog gepiep ontsnapte aan zijn keel. Ik keek naar Sven en toen naar de agente. Zij keken onbewogen terug. Sven nam het woord.

'Het is mogelijk dat de zwangere mevrouw Kaldeman niet zomaar gevallen is. Dat iemand haar heeft geduwd. Daarom ondervragen we nu iedereen die de laatste vierentwintig uur contact met haar heeft gehad. Onder wie dus uw man.'

‘Zwanger?’

Wouter kreunde.

‘Is dat zo, Wouter? Was ze zwanger? Van jou?’

Zijn schouders begonnen te schokken.

‘Ja. Het spijt me, Sophie. Maar het betekende niets... zij ging het kind alleen opvoeden.’

De agente legde haar hand op mijn schouder.

‘Sorry,’ zei ze, ‘uw man zei net dat u alles wist...’

‘Mijn god, Wouter!’ Ik stond zo driftig op, dat mijn stoel omviel. Ik stampte naar binnen, pakte mijn tas en haalde mijn sigaretten eruit. Daarna liep ik terug en stak een sigaret op. De rook blies ik in zijn richting.

‘We moeten het u ook vragen,’ zei Sven. ‘Waar bent u vandaag geweest?’

‘Ik heb vanochtend om kwart over acht de meisjes naar school gebracht, met de auto. Daarna ben ik doorgereden naar de stad, waar ik wat wezenloos heb rondgedoold. Ik had gisteravond vernomen dat mijn man er een vriendin op na hield... ik was van slag. Nadat ik een cappuccino heb gedronken op een terras aan een van de grachten, besloot ik naar Intratuin te gaan. Om bezig te blijven, iets nuttigs te doen. Toen ik weer naar huis reed kwam ik erachter dat ik mijn portemonnee kwijt was. Ik heb de meisjes van school gehaald, ben weer naar Intratuin gereden om te vragen of mijn portemonnee gevonden was... Niet dus, want die vond ik later onder de stoel in mijn auto. Daarna ben ik in de tuin gaan werken. Tot Wouter thuiskwam.’

‘Weet u of iemand uw verhaal kan bevestigen?’

‘Tjeetje. Misschien een ober van dat terras, hoewel ik

zelf ook niet meer weet hoe die tent heette... De caissière van Intratuin misschien? Ik heb wel nog een kassabon...'

Ik haalde mijn portemonnee uit mijn tas, opende hem en pakte de bon eruit. De agente bekeek het papiertje grondig.

'U hebt afgerekend om twaalf uur. Drie kisten violen, buxusaarde en twee hortensia's.'

'Klopt. En daar staan ze nu.'

Ik wees naar mijn terracotta potten.

'O ja,' zei ik, 'ik vergeet nog wat. Wouter belde me in de auto. Hij zei dat hij de kwestie had opgelost. Met Moos. Dat het uit was en hij hoopte dat ik hem kon vergeven.'

De agenten keken elkaar aan. Sven wendde zich tot Wouter.

'Klopt dit, meneer Verbeek?'

'Ja.'

'Dus u bent 's morgens bij mevrouw Kaldeman geweest. Nadat u 's nachts met elkaar een afspraak heeft gemaakt per sms...'

'Ik heb die nacht niet ge-sms't.'

'Toch is het laatste bericht in haar telefoon van u afkomstig.'

Wouter zocht mijn blik. Ik keek hem strak aan.

'U bent bij haar geweest, hebt met haar gevreeën. Althans er zijn sporen van sperma gevonden, daarna hebt u ruziegemaakt omdat u koos voor uw gezin, mevrouw Kaldeman dreigde haar zwangerschap kenbaar te maken aan uw vrouw... Een duwtje is zo gegeven...'

'Ik heb het niet gedaan. Ze droeg mijn kind! U denkt

toch niet echt dat ik tot zoiets walgelijks in staat ben?'

'Ik kijk alleen maar naar de feiten, meneer Verbeek. In uw hoofd kan ik helaas niet kijken.'

Ik sloeg mijn arm om Wouter heen. Voelde het sidderen van zijn rug. Hij klauwde zijn vingers om mijn dijbeen. Zijn ogen vulden zich met tranen.

'Sophie,' stamelde hij, 'Sophie. Beloof je me dat je me niet in de steek laat?'

Zijn lippen trilden. Ik legde mijn handen langs zijn wangen en kuste hem.

'Natuurlijk beloof ik je dat. In goede en in slechte tijden, weet je nog? Niets of niemand krijgt ons uit elkaar. Je moet sterk zijn, Wouter. Kom op. Voor mij, voor Anna en Daantje.' Hij streelde met zijn vinger langs mijn kaken, mijn neus, mijn ogen. Al die tijd lieten onze ogen elkaar niet los. We spraken zonder woorden. En hij begreep wat ik zei.

'Oké,' zei Wouter tegen Sven Zomers en zijn collega.

'Het is mogelijk... Het was een ongeluk. Ik kan me er nauwelijks nog iets van herinneren... Ik weet alleen dat ik met de rug tegen de muur stond... Zo voelde het. Ik wilde haar geen pijn doen.'

We zwegen alle vier. De vogels kwetterden. Vanuit de woonkamer klonken televisiegeluiden. 'Volgens mij moet u een advocaat bellen,' zei Sven Zomers zachtjes.

Inhoud